猫たちからのプレゼント

捨てネコたちを助けたい！

高橋うらら・作
柚希きひろ・絵
原田京子・本文写真

集英社みらい文庫

目次《もくじ》

登《とう》場《じょう》人《じん》物《ぶつ》紹《しょう》介《かい》

シーサイドタウンの小学《しょうがく》5年生《ねんせい》

※この本《ほん》の途中《とちゅう》で6年生《ねんせい》に進級《しんきゅう》します。

七海《ななみ》

元気《げんき》いっぱいの女《おんな》の子《こ》。最近《さいきん》、幼《おさな》なじみの和樹《かずき》のことが気《き》になっている。

和樹《かずき》

七海《ななみ》の家《いえ》のとなりに住《す》む。最近《さいきん》ヨットを習《なら》いはじめた。

咲野花《さやか》

七海《ななみ》の親友《しんゆう》。マジメな性格《せいかく》で、ピアノや手芸《しゅげい》が得意《とくい》。

マイク（真生《まいく》）

日本人《にほんじん》の父《ちち》と、イギリス人《じん》の母《はは》の間《あいだ》に生《う》まれた、動物《どうぶつ》好《ず》きでやさしい男《おとこ》の子《こ》。

桃子《ももこ》

前《まえ》の学校《がっこう》の同級生《どうきゅうせい》・進一郎《しんいちろう》のことが好《す》き。母《はは》が人気《にんき》モデル。

マイクのお母《かあ》さん

イギリス人《じん》。マイクの父《ちち》と動物《どうぶつ》保護《ほご》団体《だんたい》を運営《うんえい》している。

グリーンタウンの小学《しょうがく》5年生《ねんせい》

進一郎《しんいちろう》

愛梨《あいり》

菜々子《ななこ》

桃子《ももこ》が5年生《ねんせい》の夏《なつ》までいた小学校《しょうがっこう》に通《かよ》っている。みんな動物《どうぶつ》が大好《だいす》き。

※本文中《ほんぶんちゅう》の写真《しゃしん》は、NPO《エヌピーオー》法人《ほうじん》アニマルレフュージ関西《かんさい》（ARK《アーク》）に所属《しょぞく》していた猫《ねこ》たちのものです。（物語《ものがたり》にはいっさい関係《かんけい》ありません）

ネコの守護霊《しゅごれい》さま

うわー！　さぶぅ……。

真夜中《まよなか》のあたしの部屋《へや》。ベッドの布団《ふとん》にくるまっていても、あまりの寒《さむ》さに目《め》が覚《さ》めた。

空気《くうき》がキーンと冷《ひ》えきっている。

ドサッ、ドサッ……って、何《なに》かが屋根《やね》から落《お》ちる音《おと》。

ってことは、もしかして雪《ゆき》が降《ふ》ってる？　朝《あさ》になったら、すぐに見《み》てみようっと！

え？　ところで、あなただれって？　七海《ななみ》だよ。七《なな》つの海《うみ》と書《か》いて七海《ななみ》。

ショートカットで色黒《いろぐろ》。ちなみに女《おんな》の子《こ》ですよ。

それも、とびきりパワフルな（って、それでいーのか自分《じぶん》）。

小学《しょうがく》五年《ねん》も、もう三学期《がっき》。まったく二月《がつ》って、一年《ねん》の中《なか》でも一番寒《いちばんさむ》いよね。とてもこれじゃ眠《ねむ》れないよ。

エアコンつけようかな。お母《かあ》さんには、夜《よる》は消《け》しなさいっていわれてるけど。

寝不足《ねぶそく》でまた遅刻《ちこく》とか、最悪《さいあく》だし！

ちぇ、リモコンは勉強机《べんきょうづくえ》の上《うえ》。ええい、ちょっとの寒《さむ》さはガマンだ。

布団《ふとん》をはねのけ、冷《つめ》たいフローリングの床《ゆか》を、つま先立《さきだ》ちでちょこちょこ歩《ある》く。そして、ピッ……。ダッシュでベッドに入《はい》る。ゴォォォォ……。エアコンが動《うご》きだした。ほっ。

暖《あたた》かくなってきたので、安心《あんしん》して目《め》を閉《と》じ、眠《ねむ》りに落《お》ちていった、そのときだ。

ニャアアアア！

どこからか、ネコの鳴《な》き声《ごえ》が聞《き》こえた。でも、眠《ねむ》くて目《め》を開《あ》けられない。

……おかしいなあ。

ここは二階《かい》。チャチャは、一階《かい》のリビングのケージにいるはずなのに？

チャチャは灰色《はいいろ》と白《しろ》の毛《け》のネコで、子《こ》ネコだった去年《きょねん》の春《はる》、家《うち》で飼《か》いはじめた。

一歳《さい》のネコは、人間《にんげん》なら十七歳《さい》。チャチャは、高校生《こうこうせい》くらいのギャルネコってわけ。

ニャアアアア！

おまけにそのネコは、布団《ふとん》の中《なか》に、もそもそ入《はい》ってきて、パジャマの足《あし》にまとわりついている。

やがて、上《うえ》に移動《いどう》してきて、お腹《なか》の上《うえ》にふわっと乗《の》った。

うわっ。大《おお》きな体《からだ》！

しかも、両足《りょうあし》でお腹《なか》をふみふみして、あたしを起《お》こそうとしている？

そしてとうとう、布団《ふとん》から頭《あたま》を出《だ》し、顔《かお》をぺろっとなめた。

いやーん。くすぐったい。やめてよっ、チャチャ。

でも、あたしはさして気《き》にもとめず、またぐぅぐぅ寝《ね》ちゃったんだ。


「雪《ゆき》かな？　雪《ゆき》かな？」

起《お》きだした次《つぎ》の日《ひ》は、ラッキーなことに日曜日《にちようび》！

黄色《きいろ》の地《じ》にピンクのハートが描《えが》かれた窓《まど》のカーテンを、シャッと開《あ》ける。

ところが残念《ざんねん》。エアコンつけてたから、ガラスが曇《くも》って、ぜんぜん外《そと》が見《み》えないじゃん。

手《て》で窓《まど》をふくと、見《み》えてきた！　めんどくさくなって、ガラッと開《あ》けた。

とたんに冷《つめ》たい空気《くうき》が、すうっと入《はい》ってくる。

「わあ！」

雪景色《ゆきげしき》のシーサイドタウンだあ！　丘《おか》の上《うえ》にある我《わ》が家《や》からは、ふもとの町《まち》や、港《みなと》やヨット、遠《とお》くの海《うみ》まで見《み》わたせる。

雪《ゆき》をかぶった家々《いえいえ》の屋根《やね》は、すっかり晴《は》れた青空《あおぞら》の下《した》、朝日《あさひ》にキラキラと輝《かがや》いていた。

部屋《へや》を飛《と》びだした。階段《かいだん》をダダダッとかけおりて、台所《だいどころ》にいるお母《かあ》さんに知《し》らせる。

「雪《ゆき》だよ、雪《ゆき》！」

お母《かあ》さんは、卵焼《たまごや》き器《き》のだし巻《ま》き卵《たまご》を、ひっくり返《かえ》しながら答《こた》える。

「そうね。温暖《おんだん》なシーサイドタウンにはめずらしいね」

もう。大人《おとな》って、どうしていつもこんなに冷《さ》めてるんでしょーね。

もっと人生楽《じんせいたの》しまなきゃだよ！

仕方《しかた》がないので、リビングのチャチャにも知《し》らせにいった。

「雪《ゆき》が降《ふ》ったよ！　チャチャは生《う》まれてはじめてじゃない？」

リビングのソファーの上《うえ》でまるまっていたチャチャは、横目《よこめ》でこっちを見《み》る。

《それがいったい、どうしたの？　ネコは寒《さむ》いのきらいだもん》

あたしには、ネコのいっていることが、なぜかすぐわかる。

もうっ、チャチャまで冷静《れいせい》なんだから！　いやんなっちゃう！

だけど、そのときあたしは気《き》づいたんだ。リビングのドアや、二階《かい》のあたしの部屋《へや》のドアは閉《し》まっていたから、昨日《きのう》の夜《よる》、チャチャはあたしのベッドまで、来《こ》られないはず……。

それに、昨夜《ゆうべ》のネコの体《からだ》は、とても大《おお》きかった。チャチャより、ずっと！

いったい、窓《まど》もドアも締《し》めきられた部屋《へや》に、何《なに》が、どうやって入《はい》ってきたんだろう？

部屋《へや》にもどって、ベッドの中《なか》を調《しら》べてみる。

すると……。金色《きんいろ》の短《みじか》い毛《け》が、シーツについていたんだよ。

……ゾゾッ。何《なに》？　何《なに》？　これって、ホラー？

だけどあたしはまだこの時点《じてん》でも、それがネコの毛《け》だとは信《しん》じていなかった。

きっと夢《ゆめ》だったにちがいない。その毛《け》は、ぐうぜん落《お》ちていた、ぬいぐるみとかセーターとかの毛《け》に決《き》まってるって……。


「ひゃっほー！」

朝《あさ》ご飯《はん》を食《た》べ、外《そと》に出《で》てみると、庭《にわ》は一面《いちめん》、銀世界《ぎんせかい》。三十センチは積《つ》もったかな？

おいしげっている木々《きぎ》の上《うえ》にも、雪《ゆき》がたっぷり乗《の》っかっている。

冷《ひ》えた空気《くうき》を吸《す》いこむと、雪《ゆき》のにおいがした……。

庭《にわ》の奥《おく》には、おばあちゃんの住《す》む平屋《ひらや》があり、さらにその奥《おく》のブロックべいの向《む》こうには、和樹《かずき》の家《いえ》が背中合《せなかあ》わせに建《た》っている。

和樹《かずき》は、幼《おさな》なじみの同級生《どうきゅうせい》だけれど、この前《まえ》の秋《あき》くらいから、とつぜんあたしは、初恋《はつこい》しちゃった☆

彼《かれ》は、ヨット教室《きょうしつ》に通《かよ》いはじめてから、急《きゅう》に肌《はだ》が日《ひ》に焼《や》け、体《からだ》が引《ひ》きしまった。太《ふと》い眉《まゆ》もいいけど、白《しろ》い歯《は》を見《み》せて、人《ひと》なつっこく笑《わら》うところが、あたしはやっぱり好《す》き。

毎日《まいにち》、毎日《まいにち》、和樹《かずき》がどこで何《なに》しているんだろうとか、気《き》になって仕方《しかた》がない。

会《あ》ったときには、そっけない口《くち》のきき方《かた》しかできないくせに……。

今《いま》も気《き》になる。和樹《かずき》はもう、朝《あさ》ご飯食《はんた》べたかな……？

屋根《やね》の雪《ゆき》が太陽《たいよう》の光《ひかり》をあびて解《と》けだし、しずくがポタポタと落《お》ちてきている。しずくの中《なか》に、小《ちい》さな虹《にじ》ができている。

「解《と》けないうちに早《はや》く！」

咲野花《さやか》をメールで呼《よ》びだして、午前中《ごぜんちゅう》は、家《うち》の庭《にわ》で雪《ゆき》だるま作《づく》りをすることにした。

咲野花《さやか》は、石段《いしだん》を少《すこ》し上《あ》がったところにあるアパートに住《す》んでる、あたしの親友《マブダチ》。

「おはよ！　こんなに積《つ》もったのは久《ひさ》しぶりだね〜」

やってきた咲野花《さやか》も、あたりの景色《けしき》に目《め》を細《ほそ》めていた。

二人《ふたり》ともダウンジャケットを着《き》こみ、手袋《てぶくろ》にニットの帽子《ぼうし》、そして長靴《ながぐつ》！（笑）

あたしとちがって、色白《いろじろ》でおとなしいタイプの咲野花《さやか》は、今日《きょう》も、三《み》つ編《あ》みにした髪《かみ》の毛《け》の先《さき》に、ビーズの手作《てづく》りアクセをつけている。

「さあ、はじめるぞ！」

二人《ふたり》がかりで、雪玉《ゆきだま》を何度《なんど》も転《ころ》がし、大《おお》きくしていく。

「よいしょ、よいしょ……」

けっこう力仕事《ちからしごと》！　そこへ、声《こえ》がした。

「何《なに》してるの？」

顔《かお》を上《あ》げると、和樹《かずき》だ！　家《いえ》の二階《かい》の窓《まど》を開《あ》け、身《み》を乗《の》りだしてこっちをのぞいている。

ひょっとしてまだ寝起《ねお》きなのかもしれない。黒《くろ》い髪《かみ》のところどころが、つんつん立《た》っている。男《おとこ》の子《こ》のこういうところって、けっこうかわいいなって思《おも》っちゃう。

あたしは、口《くち》に両手《りょうて》をあてがい、大声《おおごえ》でさけんだ。

「雪《ゆき》だるま作《つく》ってるの！　いっしょにやらない？」

「おお！　行《い》く行《い》く！」

和樹《かずき》はそう答《こた》え、窓《まど》を閉《し》めた。やがて、家《うち》の白《しろ》い木《き》の門《もん》から、「おじゃましまーす」と入《はい》ってくる。

グレーのP《ピー》コートに黒《くろ》いズボン。雪《ゆき》が積《つ》もってるっていうのに、ふつうのスニーカー。

この半年《はんとし》くらいで背《せ》がぐんと伸《の》びたよね。いつの間《ま》にか、あたしより、ずっと高《たか》くなってる。

「雪《ゆき》だるまなんて、幼稚園《ようちえん》以来《いらい》だよなぁ！」

「うんうん！　年長《ねんちょう》さんのときも、大雪《おおゆき》だったよねぇ」

三人《にん》とも同《おな》じ幼稚園《ようちえん》だから、いっしょの思《おも》い出《で》。

和樹《かずき》ははりきって、雪《ゆき》の玉作《たまづく》りを一手《いって》に引《ひ》きうけてくれた。だけど、きれいな球《きゅう》の形《かたち》にはならなくて、なんだかイビツ。

大《おお》きな玉《たま》に小《ちい》さな玉《たま》を重《かさ》ねる。目《め》には、黒《くろ》い石《いし》をはめた。頭《あたま》の上《うえ》にはバケツをさかさまに乗《の》せる。

「鼻《はな》はどうしよっか」

「ホントはニンジンがいいんだけどね」

「よっしゃ！」

あたしはこっそり、台所《だいどころ》の勝手口《かってぐち》からしのびこむと、ニンジンを一本《いっぽん》とってきた。

いいよね、つかってても！　後《あと》で食《た》べればいいんだし！

そしてニンジンを、ずぶっと鼻《はな》のところにさし、じゃーん！　雪《ゆき》だるまの完成《かんせい》！

「よぉーし！　できた！」

手袋《てぶくろ》についた雪《ゆき》をパンパンはたくと、小《ち》さな雪《ゆき》の粉《こな》がキラキラ光《ひか》りながら落《お》ちていく。

ホントに雪《ゆき》って、きれいだね……。

そして、あたしから、みんなにこう提案《ていあん》した。

「雪合戦《ゆきがっせん》もしない？」

咲野花《さやか》は、わざとらしく目《め》をまるくしてみせた。

「ええ？　この年《とし》で、雪合戦《ゆきがっせん》？　あたしたち、もうすぐ六年生《ねんせい》だよ」

「いいじゃん、やろうよ、やろうよ！」

「じゃあ、ちょっとだけな！」

和樹《かずき》がにやっとした。けっこう、乗《の》り気《き》みたい。

咲野花《さやか》は、両手《りょうて》を広《ひろ》げ、ため息《いき》をつく真似《まね》をする。

「まったく、しょーがないなあ。あんたたちはぁ」

こうして、はじまった雪合戦《ゆきがっせん》！　三方《ぼう》に分《わ》かれて、雪《ゆき》の玉《たま》を作《つく》って投《な》げあう。

サラサラしてまだやわらかい雪《ゆき》は、当《あ》たってもぜんぜん痛《いた》くない。

キャアキャアいいながら、おたがいぶつけあった。

和樹《かずき》の投《な》げた玉《たま》が、にげるあたしの背中《せなか》に命中《めいちゅう》！

「くっそー！」

思《おも》わず、でっかい雪《ゆき》の玉《たま》を作《つく》り、投《な》げかえす。だけど、和樹《かずき》は、それをひょいとかわす。

「ちくしょー！」

また次《つぎ》の雪玉《ゆきだま》を作《つく》る。やりながら、思《おも》った。

ホントは、和樹《かずき》のこと好《す》きなくせに、なんで、こんなことしてるんだろう？

でも、好《す》きな男《おとこ》の子《こ》の前《まえ》で、どうやってふるまったらいいか、わからない。

ついつい、自分《じぶん》の気持《きも》ちをごまかしたくて、わざとはしゃいじゃう。

今《いま》の自分《じぶん》、和樹《かずき》にどう見《み》られてる？　そう思《おも》うと、はずかしくて、よけい自分《じぶん》が何《なに》をしているのか、わけがわからなくなる……。

いつの間《ま》にか、一《ひと》かかえもある大《おお》きな雪玉《ゆきだま》を作《つく》っていた。

和樹《かずき》は、咲野花《さやか》と向《む》かいあって雪《ゆき》を投《な》げあっている。その後《うし》ろに、こっそり歩《あゆ》みよった。

そして、頭《あたま》の真上《まうえ》から、ポンと雪玉《ゆきだま》を落《お》とす！

あたりに飛《と》びちるサラサラの雪《ゆき》！　和樹《かずき》は、全身雪《ぜんしんゆき》まみれ……。

……やっちゃったよ。

「……あのなー」

和樹《かずき》が、雪《ゆき》をはらいのけながら、ぶつぶついった。

「ちょっと、やりすぎじゃねー？」

横目《よこめ》でちろりと見《み》られたその瞬間《しゅんかん》、最高《さいこう》だったあたしのテンションが、……急降下《きゅうこうか》。

自分《じぶん》でも顔色《かおいろ》が変《か》わるのが、わかった。

「ご、ごめん……。痛《いた》かった？」

「痛《いた》いっていうより、冷《つめ》てーよ。首元《くびもと》から中《なか》に雪《ゆき》が入《はい》っちゃって」

咲野花《さやか》が、あわてて和樹《かずき》にかけより、背中《せなか》や腕《うで》の雪《ゆき》をはらってあげている。

「和樹《かずき》、コートぬいで、中《なか》の雪落《ゆきお》としたら？」

咲野花《さやか》にいわれて、和樹《かずき》も素直《すなお》に、コートをぬいでいる。

ホントに中《なか》にまで雪《ゆき》が入《はい》っちゃって、黒《くろ》いセーターの肩《かた》のあたりまで白《しろ》い。

和樹《かずき》は、ボソッといった。

「仕方《しかた》ねーから、帰《かえ》って着《き》がえる」

そういって、コートをかかえ、すたすたと門《もん》の方《ほう》に歩《ある》いていってしまった。

「ご、ごめんね！　ホントに！」

後《うし》ろから声《こえ》をかけたら、ふりむきもせずに、こういわれちゃった。

「……ったく、七海《ななみ》ったら、女子力《じょしりょく》ねーんだから！」

「…………」

……女子力《じょしりょく》かぁ。その言葉《ことば》が、あたしの胸《むね》にズンとつきささった。

いつもなら、ぽんぽんいいかえすところなのに、のどがぐっとつまって、和樹《かずき》の姿《すがた》が見《み》えなくなるまで、ただつっ立《た》っていた。

「あれじゃ、かわいそう。遊《あそ》ぶときでも、ルールがあるよ」

咲野花《さやか》にも、いわれちゃった。

「……うん。わかってたんだけど、……つい」

「……だよね」

咲野花《さやか》も、あたしが和樹《かずき》を好《す》きなことは知《し》ってる。きっと、なんでそんなことするのって、思《おも》ってるはず。だから、こうフォローしてくれた。

「そっか。和樹《かずき》といっしょにいると、テレちゃうんだ」

「……そうかもしれない」

「七海《ななみ》って、素直《すなお》じゃないね〜」

「……困《こま》ったもんです。女子力《じょしりょく》がないって、和樹《かずき》がいうのも当《あ》たってる……」

雪遊《ゆきあそ》びは終《お》わりになり、お昼《ひる》の時間《じかん》も近《ちか》かったので、咲野花《さやか》は家《いえ》に帰《かえ》っていく。

あたしは、雪《ゆき》だるまのニンジンの鼻《はな》をズボッとぬくと、勝手口《かってぐち》から台所《だいどころ》に入《はい》った。

お母《かあ》さんは、お昼《ひる》のカレーうどんを作《つく》っている。カレーの残《のこ》りをつかったスープに、太《ふと》いうどんを入《い》れる我《わ》が家《や》のカレーうどんは、絶品《ぜっぴん》だよ！

ニンジンを元《もと》のカゴにもどす。ラッキー。お母《かあ》さんは気《き》がついてるのに、何《なに》もいわなかった。いつもなら「一言断《ひとことことわ》ってから持《も》っていきなさい」とかうるさいのに……。

と思《おも》ったら、お母《かあ》さんは、背中《せなか》ごしに、こういいつけてきた。

「悪《わる》いけど、後《あと》で石段《いしだん》の雪《ゆき》かきもやっておいてくれる？　凍《こお》る前《まえ》にどけないと、明日《あした》の朝《あさ》ツルツルすべって大変《たいへん》なことになるから」

なんだ。たのみ事《ごと》があったから、ニンジンのことを、いちいち注意《ちゅうい》しなかったんだ。

「……ふぅ。わかりましたあ」

お父《とう》さんは今日《きょう》も店《みせ》でいないから、あたしかお母《かあ》さんがやるしかない。お母《かあ》さんは、まだ赤《あか》ちゃんの弟《おとうと》、海人《かいと》の世話《せわ》でいそがしいしね。

やっとつかまり立《だ》ちができるようになったばかりの海人《かいと》は、リビングで、チャチャと遊《あそ》んでいる。

チャチャは、ネコなのに、まるでお姉《ねえ》さんみたいに海人《かいと》を見守《みまも》りながら、いつもいっしょに遊《あそ》んであげている。あたしが、

「あー！　さみぃ！　もう、雪《ゆき》なんか、大《だい》きらいぃ！」

といってソファーに腰《こし》をおろすと、それみたことかといわんばかりに、ちろりとこっちを見《み》た。

《だからいったでしょ！　雪遊《ゆきあそ》びなんか、寒《さむ》いし冷《つめ》たいし、やめておけばよかったのにニャン～》

女子力《じょしりょく》　女子力《じょしりょく》　女子力《じょしりょく》　女子力《じょしりょく》……。

お昼《ひる》ご飯《はん》を食《た》べ、スコップで家《いえ》の前《まえ》の石段《いしだん》の雪《ゆき》かきをしながらも、あたしの頭《あたま》の中《なか》には、和樹《かずき》にいわれた言葉《ことば》が巨大《きょだい》なテロップとなり、ずっと流《なが》れつづけた。

近所《きんじょ》の人《ひと》も、あちこちでスコップを手《て》に働《はたら》いている。

「えらいねえ、七海《ななみ》ちゃん」

向《む》かいの家《いえ》のおじさんも出《で》てきて、いっしょに石段《いしだん》の中央部分《ちゅうおうぶぶん》だけ、人《ひと》が通《とお》れるように雪《ゆき》をどけた。寒《さむ》いはずなのに、けっこう汗《あせ》だく。

作業《さぎょう》が終《お》わると、二階《かい》の部屋《へや》にこもって、スマホで検索《けんさく》してみる。

女子力《じょしりょく》
輝《かがや》く女性《じょせい》が持《も》つ力《ちから》。センスのよさ。男子《だんし》にちやほやされる力《ちから》。

……うーん。やっぱりあたしには、ないか。

よく雑誌《ざっし》とかで「こんな女子《じょし》がモテる」とか「愛《あい》される女子《じょし》になるための身《み》だしなみチェック」とか、特集《とくしゅう》してるけど、ほとんど自分《じぶん》には当《あ》てはまってないし……。

いったいどうしたら、女《おんな》らしくなれるのかな？

ステキな女性《じょせい》になれるのかな？

和樹《かずき》に、見直《みなお》してもらえるのかな？

スマホをいじっているうちに、あるサイトを見《み》つけた。

【あなたの女子力診断《じょしりょくしんだん》】

これこれ！　このページだ！　さっそくやってみよう！

Q1「あなたは毎朝《まいあさ》二十分《ぶん》以上《いじょう》かけてメイクしていますか？」

うーん、あたしはまだ小学生《しょうがくせい》だからメイクはしてないけど、顔《かお》を洗《あら》うのは十秒《びょう》だな。
ノーと答《こた》えよう。次《つぎ》の質問《しつもん》は？

Q2「部屋《へや》をきちんと掃除《そうじ》している？」

これも、ノー。お母《かあ》さんにやってもらってるし。

Q3「お料理《りょうり》やお菓子作《かしづく》りは好《す》き？」

うーん、お料理《りょうり》は好《す》きですよ。お手伝《てつだ》いもしてるしね！　じゃ、イエスにしとこう。

Q4「バレンタインのチョコは手作《てづく》り？」

そーいえば、今度《こんど》の金曜日《きんようび》はバレンタインデーだけど、はずかしくってチョコなんかわたす気《き》ないよ。ってことで、これは、ノー。

こうやって、十個《こ》の質問《しつもん》に答《こた》えていったら、こんなメッセージが出《で》た。

これ以上《いじょう》の診断《しんだん》には、登録《とうろく》が必要《ひつよう》です。

なんだよー！　せっかく答《こた》えてきたのにぃ。
思《おも》わずスマホに向《む》かって、ほっぺたをふくらませる。でも、仕方《しかた》ない、登録《とうろく》ってどうやるの？

「登録《とうろく》する」をクリックすると、思《おも》いがけないチェック欄《らん》が出《で》てきた。

18歳《さい》以《い》上《じょう》の方《かた》のみ登録《とうろく》ができます。あなたは、18歳《さい》以《い》上《じょう》ですか？

ちょっと迷《まよ》ったけど、ネットなら、だれが書《か》きこみしてるかなんて、わからないよね。

十八歳《さい》以《い》上《じょう》にチェックを入《い》れ、次《つぎ》のページに進《すす》む。

そこには、なんか、むずかしい文章《ぶんしょう》が書《か》かれていたから、テキトーにチェックを入《い》れて、次《つぎ》に進《すす》んだ。

すると、名前《なまえ》とメールアドレスを入《い》れる欄《らん》があり、いわれたとおりに入力《にゅうりょく》。

ようやく、十一個目《こめ》からの質問《しつもん》がまたはじまって、全部《ぜんぶ》で五十問《もん》に答《こた》えた。

「はぁ〜疲《つか》れた」

そして最後《さいご》に「診断《しんだん》する」をクリック。すると、

結果《けっか》はメールでお知《し》らせします。

だって！　ひどいよ！　すぐ知《し》りたいのに。なんなの、このサイト？

あたしは、スマホを切《き》り、ベッドの上《うえ》に放《ほう》りなげる。

そのとたん、どこかから、またニャアア〜と声《こえ》が聞《き》こえたような気《き》がしたけど、あたしはまた、チャチャか、となりのおばあちゃんちの黒《くろ》ネコ、ロビンだろうと思《おも》っていた。

診断結果《しんだんけっか》のメールが来《き》たのは、その日《ひ》の夜《よる》。

ベッドに寝転《ねころ》がり、わくわくしながら読《よ》む。だけど……

あなたの女子力《じょしりょく》は100点満点中《てんまんてんちゅう》13点《てん》　もっとまわりの人《ひと》に気《き》を配《くば》り、女《おんな》らしくおしゃれに生《い》きましょう。

だって！

ちぇ、やっぱり……と思《おも》いながら、その後《あと》に書《か》かれていた内容《ないよう》を読《よ》んで、……ガーン！

診断料《しんだんりょう》は、3500円《えん》です。一週間以内《いっしゅうかんいない》に下記口座《かきこうざ》までお振《ふ》り込《こ》みください。

「え？　え？　どういうこと？　有料《ゆうりょう》だったの？」

あわてて、ベッドから起《お》きあがった。全身《ぜんしん》から血《ち》の気《け》が引《ひ》いた。

しまった！　よく読《よ》みもせず、登録《とうろく》して診断《しんだん》しちゃったんだ。お金《かね》を払《はら》うから、十八歳《さい》以上《いじょう》かどうか、聞《き》かれたんだ。

でも今《いま》ごろ気《き》がついても、もうおそい……。三千五百円《えん》だなんて、どうしよう！

お年玉《としだま》の残《のこ》りをつかうしかない？

でも、銀行振込《ぎんこうふりこみ》ってどうやるの？　お母《かあ》さんに聞《き》かないとわからない。

……だけど、ぜったい、いえないよ。

この前《まえ》の夏《なつ》、スマホを買《か》ってってせがんだとき、お母《かあ》さんは最初《さいしょ》、大反対《だいはんたい》だった。

「ダメよ。ネットトラブルはこわいんだよ。七海《ななみ》はおっちょこちょいだから、すぐひっかかるに決《き》まってるし！」

「そんなことないよ。気《き》をつけるから。ぜったいだいじょーぶ。安全《あんぜん》につかうよ！」

って、何度《なんど》もお願《ねが》いして、やっと買《か》ってもらったんだ。

もし、料金《りょうきん》が請求《せいきゅう》されたことなんかいったら、きっとスマホを取《と》りあげられちゃう……。

そしたら、クラスの仲間《なかま》とのやりとりが、できなくなる。

そんなことになったら、いつか桃子《ももこ》が、スマホの返信《へんしん》をしなくてみんなにシカトされたみたいに、あたしも友《とも》だちとうまくやっていけなくなる……。

お金《かね》のこと、どうしよう、どうしよう……。

気持《きも》ちが、ズーンと沈《しず》みこみ、頭《あたま》の上《うえ》に重《おも》い石《いし》を乗《の》せられたみたいな気分《きぶん》になった。

まったく、なんてついてない日《ひ》！　ああん、もう！　雪《ゆき》さえ降《ふ》らなければ、和樹《かずき》にあんなことせずに済《す》んだし、女子力診断《じょしりょくしんだん》もぜったいやらなかったのにぃ……！


次《つぎ》の朝《あさ》、咲野花《さやか》が「おはよ～」とむかえに来《き》て、ランドセルをしょって、いっしょに登校《とうこう》。

けっきょく親《おや》には何《なに》もいっていない。

咲野花《さやか》は、手編《てあ》みのピンクのミトンをほっぺたに当《あ》て、

「それにしても、さぶいね～」

とぼやきながら、白《しろ》い息《いき》を吐《は》いている。

肩《かた》を落《お》として歩《ある》くあたしを、咲野花《さやか》は昨日《きのう》の和樹《かずき》との事件《じけん》が原因《げんいん》だと、勝手《かって》に誤解《ごかい》したみたい。

「……元気出《げんきだ》しなよ。だいじょうぶだよ、和樹《かずき》は幼《おさな》なじみだから、もともと七海《なみ》のことよく知《し》ってるんだし。きっと気《き》にしてないよ」

「……はあ」

石段《いしだん》を降《お》りていくと、さらに最悪《さいあく》なことに、雪《ゆき》かきをしてない部分《ぶぶん》があった。

夜《よる》の間《あいだ》に凍《こお》りついて、つるつる！

イライラしながら、乱暴《らんぼう》な足《あし》どりで降《お》りていくと、ついに……。

ドドドド！　四、五段《だん》すべって、すてん！　階段《かいだん》の角《かど》で、おしりを打《う》っちゃった。

「いってぇ！」

「だいじょぶ？　七海《ななみ》！」

咲野花《さやか》が、あわててかけより、助《たす》けおこしてくれる。

そのとたん、おさえていた悲《かな》しい思《おも》いが、わっとふきだした。

「まったく、あたし、超不幸《ちょうふこう》だよ！」

そうさけんで、わっと泣《な》きだした。

「……ど、どうしたの？　七海《ななみ》！　あの後《あと》、何《なに》かあったの？」

よろよろ立《た》ちあがったあたしに手《て》を貸《か》しながら、咲野花《さやか》が聞《き》いてきた。

痛《いた》むおしりを手《て》でさすりつつ、女子力《じょしりょく》のサイトで診断料《しんだんりょう》を請求《せいきゅう》されたことを話《はな》した。

咲野花《さやか》は、考《かんが》えこみ、すっかり暗《くら》い顔《かお》になっている。

「そうかあ。七海《ななみ》もついてないねえ。有料《ゆうりょう》サイトには、ぜったい入《はい》っちゃダメでしょ」

「……わかってるつもり、だったんだけどさあ」

咲野花《さやか》のアドバイスは、当《あ》たり前《まえ》のものだった。

「やっぱり、そのお金《かね》は払《はら》わなくちゃならないんじゃない？　世《よ》の中《なか》の決《き》まり事《ごと》は守《まも》らなくちゃいけないじゃん？」

「だけど、親《おや》にいったら、スマホ取《と》りあげられちゃうかも！」

「何《なに》かしてもらったら、お金《かね》を払《はら》うのは、世《よ》の中《なか》のルールだよ。請求《せいきゅう》されて払《はら》わなかったら、犯罪《はんざい》じゃない？」

咲野花《さやか》のいうとおりだった。この子《こ》はいつも「ルールは守《まも》るためにある」と考《かんが》える、けっこう物事《ものごと》に細《こま》かく、きびしいタイプ。

暴走《ぼうそう》してばかりのあたしに、いつも的確《てきかく》にアドバイスしてくれる。

「……だよね」

あたしはその日《ひ》、授業《じゅぎょう》もうわの空《そら》で、休《やす》み時間《じかん》は、机《つくえ》の上《うえ》につっぷしていた。

同《おな》じ五年《ねん》一組《くみ》の和樹《かずき》と咲野花《さやか》が、何《なに》か話《はな》している声《こえ》が聞《き》こえる。

咲野花《さやか》がフォローしてくれたのかもしれない。和樹《かずき》が声《こえ》をかけてきた。

「昨日《きのう》は、いいすぎちゃって、ゴメンな……」

あたしは、顔《かお》を上《あ》げて、和樹《かずき》にいった。

「いいんだ。こっちこそごめん。雪《ゆき》まみれにさせちゃって……。女子力《じょしりょく》ないって、当《あ》たってる。診断《しんだん》したら、十三点《てん》だって……」

よっぽど、うつろな目《め》をしていたんだろう。和樹《かずき》は、おどろいてなぐさめてくれた。

「……どうしたんだよ？　七海《ななみ》らしくないじゃん。いつもの元気《げんき》出《だ》せって！」

「……うん。出《だ》せるもんなら、出《だ》したいけど」

学校《がっこう》から帰《かえ》っても、親《おや》にはやっぱりいいだせなかった。時間《じかん》ばかりが過《す》ぎていく。

いったいどうして、あんな診断《しんだん》しちゃったんだろう！　引《ひ》っかかった自分《じぶん》がくやしい。


ところが一週間後《いっしゅうかんご》、またあのサイトからメールが来《き》た！

震《ふる》える手《て》で操作《そうさ》してメールを読《よ》む。

まだ入金《にゅうきん》が確認《かくにん》されていません。至急《しきゅう》お振《ふ》り込《こ》みください。

そして、次《つぎ》の日《ひ》の夜《よる》も。またその次《つぎ》も……。
メールは脅《おど》しをかけるように何度《なんど》も来《き》て、その度《たび》に、言葉《ことば》がきつくなった。
もし未払《みばら》いの場合《ばあい》、法的手段《ほうてきしゅだん》に訴《うった》えます。
……こわい！　もし、相手《あいて》が家《いえ》に押《お》しかけてきたりしたら、どうしよう！
もういや！　胃《い》が重《おも》くて痛《いた》い！　吐《は》き気《け》がしてきそう！
でも、親《おや》に知《し》られるのは、もっといやだった。
その夜《よる》は、パジャマにも着《き》がえず、電気《でんき》を消《け》してベッドにつっぷしていた。
すると、どこからか、またネコの鳴《な》き声《ごえ》が聞《き》こえてきたんだ。
ニャアア……。
《七海《ななみ》ちゃん。七海《ななみ》ちゃん》
あれ？　この鳴《な》き声《ごえ》は？
ニャアア……。チャチャじゃない。も、もしかして？
「小梅《こうめ》ばあさん？」
ベッドから体《からだ》を起《お》こし、小《ちい》さい声《こえ》で呼《よ》んでみた。

ニャ！

《そうですよ。わたしですよ》

そのとたん、暗《くら》い部屋《へや》の中《なか》、勉強机《べんきょうづくえ》の上《うえ》に、金色《きんいろ》に輝《かがや》くネコの姿《すがた》が浮《う》かびあがった。

大《おお》きなトラネコ！　なつかしい小梅《こうめ》ばあさん！

「会《あ》いたかったよ！　天国《てんごく》にいっちゃって、ずっとさみしかった！」

あたしは、ベッドをおり、小梅《こうめ》ばあさんのそばにかけよった。

小梅《こうめ》ばあさんは、となりに住《す》むおばあちゃんが飼《か》っていたネコで、あたしは、赤《あか》ちゃんのころから、いっしょに遊《あそ》んだ。でも年《とし》をとって、秋《あき》に死《し》んでしまった。

今日《きょう》の小梅《こうめ》ばあさんは、まるで別《べつ》のネコみたいに、神々《こうごう》しく輝《かがや》いて、とってもきれい！

小梅《こうめ》ばあさんは、前足《まえあし》で顔《かお》をなでると、まっすぐにこっちを見《み》た。

《何《なに》があったか、話《はな》してごらんなさい》

そうか。それで心配《しんぱい》して来《き》たんだ。

「あのね……。じつは、お母《かあ》さんにもいってないんだけど……」

あたしは、料金請求《りょうきんせいきゅう》のメールが来《き》たことを打《う》ちあける。

すると、小梅《こうめ》ばあさんは首《くび》をぶんぶんふり、あたしをにらんだ。

《ダメでしょ！　子《こ》どもだけで解決《かいけつ》できるわけがない！　すぐお母《かあ》さんに話《はな》しなさい！》

「だって、そんなことをしたら、きっとすごく怒《おこ》られるし、スマホを取《と》りあげられるに決《き》まってるもん！」

《まずは、今回《こんかい》のことをきちんと解決《かいけつ》しないと、何《なに》も前《まえ》に進《すす》みませんよ》

「……それはそうだけどさ」

あたしのことを、ずっと見守《みまも》ってくれていた小梅《こうめ》ばあさん。

死《し》んでもこうやって出《で》てくるんだから、いうことは聞《き》いた方《ほう》がいいかもしれない。

っていうか、落《お》ちついて考《かんが》えれば、もう親《おや》に話《はな》すしか方法《ほうほう》はないよね……。

「……わかった。そうする」

そう答《こた》えると、小梅《こうめ》ばあさんは、安心《あんしん》したように、両方《りょうほう》のほっぺたをくいっと上《あ》げて、笑《わら》ったような顔《かお》をした。姿《すがた》が、だんだん消《き》えていく……。

「待《ま》って！　小梅《こうめ》ばあさん！　行《い》かないで！」

つかまえてだっこしようとしても、両手《りょうて》の中《なか》で、どんどん薄《うす》くなっていく。

そのとき、つけっぱなしだったエアコンが、とつぜん、ブルブルと変《へん》な音《おと》を出《だ》した。
すると、小梅《こうめ》ばあさんは、最後《さいご》にぱっと消《き》える間際《まぎわ》、こういいのこしたんだ。
《部屋《へや》のエアコンに気《き》をつけて》
「え？　エアコン？」
そういえば、この前《まえ》もエアコンをつけたとたん、ネコが布団《ふとん》に入《はい》ってきた。
あれは、小梅《こうめ》ばあさんだったんだね！
金色《きんいろ》の毛《け》は、小梅《こうめ》ばあさんのだったんだ！

時刻《じこく》は真夜中《まよなか》の十二時《じ》を過《す》ぎていたけれど、あたしは部屋《へや》を出《で》て、お母《かあ》さんと弟《おとうと》の海《かい》人《と》が寝《ね》ている、となりの部屋《へや》に行《い》った。

ドアを開《あ》けると、もう電気《でんき》は消《け》されていて、お母《かあ》さんはベビーベッドのそばの布団《ふとん》で、うとうとしていたみたい。つばを飲《の》みこみ、思《おも》いきって、さけんだ。

「お母《かあ》さん！　話《はなし》があるの！」

布団《ふとん》の中《なか》のお母《かあ》さんは、こっちに寝返《ねがえ》りをうって眠《ねむ》そうな顔《かお》。

「しっ。海人《かいと》が目《め》を覚《さ》ますじゃないの！　いったい何《なに》？　明日《あした》じゃダメなの？」

「……うん」

あたしが真剣《しんけん》な顔《かお》でうなずくと、お母《かあ》さんは、布団《ふとん》から静《しず》かに起《お》きあがる。

話《はな》しやすいよう、パチンとひもをひっぱって、電気《でんき》をつけた。幸《さいわ》い、赤《あか》ちゃんの海人《かいと》は
ぐうぐう眠《ねむ》っている。

「……ごめんなさい。あたし、大変《たいへん》なことやっちゃったんだ」

そういうなり、頭《あたま》を下《さ》げた。

「え？　七海《ななみ》、いったいどうしたの？」

あたしは、スマホを見《み》せながら、女子力診断《じょしりょくしんだん》サイトのことを、最初《さいしょ》からくわしく話《はな》した。

お母《かあ》さんは、聞《き》きながら、

「どうして？　どうして、そんなバカなことしたの！」

と、海人《かいと》が起《お》きないよう声《こえ》を殺《ころ》しながらも、すっかり怒《おこ》っている。料金請求《りょうきんせいきゅう》のメールが
何度《なんど》も来《き》ているのを読《よ》んで、

「なぜ、今《いま》までだまってたの！」

と、しかった。

「……だ、だって、いったら怒《おこ》られると思《おも》ったから」

緊張《きんちょう》して、声《こえ》がうらがえってしまった。

運《うん》がいいのか悪《わる》いのか、そのとき、お父《とう》さんが店《みせ》の仕事《しごと》から帰《かえ》ってきたらしく、下《した》の玄《げん》関《かん》で物音《ものおと》がした。

お母《かあ》さんはあたしを連《つ》れて一階《かい》のリビングに降《お》り、お父《とう》さんにも話《はなし》をしている。

やばい。お父《とう》さんは怒《おこ》るとめちゃこわい。大柄《おおがら》で口《くち》ひげをはやしていて、サーファー仲《なか》間《ま》でも、一目置《いちもくお》かれてる存在《そんざい》だとか。

やっぱり、お父《とう》さんには、野太《のぶと》い声《こえ》でどなられた。

「スマホのつかい方《かた》には気《き》をつけますって、やくそくしたはずじゃないか！」

「ごめんなさい！」

お母《かあ》さんも、興奮《こうふん》してキンキン声《ごえ》を上《あ》げている。

「いったいどうするの。法的手段《ほうてきしゅだん》に訴《うった》えるって大変《たいへん》なことよ！　早《はや》く振《ふ》りこまないと！」

その声《こえ》で、ケージで眠《ねむ》っていたチャチャが、目《め》を覚《さ》ました。

ニャアア！

《こんな時間《じかん》にどうしたニャン？　何《なに》か、もめごと？》

ネコは夜行性《やこうせい》。すっかり目《め》を覚《さ》ましたチャチャは、ケージから出《で》てくると、立《た》って話《はな》しあっていたあたしたち親子《おやこ》のまわりを、ぐるぐる回《まわ》っている。

なんだかこれで、両親《りょうしん》もちょっと、われにかえって冷静《れいせい》になったみたい。

お父《とう》さんは、あたしのスマホを受《う》けとると、ソファーに座《すわ》り、その女子力診断《じょしりょくしんだん》のサイトを、自分《じぶん》もやってみて、首《くび》をかしげた。

「おかしいな。どこにも、料金《りょうきん》のことなんか、書《か》いてないぞ」

「え？」

あたしは、自分《じぶん》が見《み》おとしたんだとばかり、思《おも》っていた。もともとむずかしい文章《ぶんしょう》は、読《よ》んでなかったし……。

お母《かあ》さんも、お父《とう》さんの横《よこ》でスマホをのぞきこむ。

「ちょっと見《み》せて。あら、そうね。だけど七海《ななみ》。あなた十八歳《さい》以上《いじょう》だなんて、ウソついたの？」

「え？　ま、まあ。そうなんですけど……」

お父《とう》さんが、また眉間《みけん》にしわを寄《よ》せた。

「とんでもない！　そんなことしたら、大人《おとな》にまちがえられて、どんな危《あぶ》ない目《め》にあうかもわからないんだぞ！」

「は、はい……。すみません。ごめんなさい」

けっきょくお父《とう》さんは、

「明日《あした》、ネットトラブルの相談《そうだん》センターに電話《でんわ》してみよう。それまでスマホは預《あず》かっておく」

といい、あたしのスマホを持《も》っていってしまった。

……ま、仕方《しかた》ないね。でも、相談《そうだん》センターがあるなんて、知《し》らなかった。なんとか、うまく解決《かいけつ》するといいんだけど……。

次《つぎ》の日《ひ》、あたしが学校《がっこう》から帰《かえ》ってくると、お母《かあ》さんが明《あか》るい顔《かお》で出《で》むかえた。

「だいじょうぶだったのよ。有料《ゆうりょう》だって明記《めいき》されていない場合《ばあい》は、支払《しはら》う必要《ひつよう》がないんですって。じつは、ほかにもたくさん被害者《ひがいしゃ》がいて、調査《ちょうさ》しているところだとか。もしまたメールが来《き》ても、無視《むし》していいって！」

「……よかったあ！」

ほっとして、両膝《りょうひざ》に手《て》を置《お》き、はあっとため息《いき》をついた。やっぱり小梅《こうめ》ばあさんのいったとおり、早《はや》く親《おや》に相談《そうだん》すればよかった。でも、お母《かあ》さんのお小言《こごと》は続《つづ》く。

「こういう風《ふう》に、ネットはほんとうにこわいのよ。お金《かね》を盗《と》られるだけじゃなくて、特《とく》に女《おんな》の子《こ》は、ネットで知《し》りあった男《おとこ》の人《ひと》に呼《よ》びだされて、いやらしいことをされたりして、被害《ひがい》にあいやすいの。ぜったい、知《し》らない人《ひと》とメールでやりとりして、実際《じっさい》に会《あ》ったりしては、ダメだからね！」

「……はい。わかりました」

次《つぎ》の土曜日《どようび》の朝《あさ》、お父《とう》さんがやっとスマホを返《かえ》してくれた。もちろん、

「もうけっして危《あぶ》ないことにはつかいません！」

と、しっかりやくそくさせられた。

こっちだって、もううんざりだよ。あんなこわい思《おも》いするくらいなら、知《し》らない人《ひと》に自《じ》

分《ぶん》のメルアドはもうぜったい知《し》らせない！

咲《さ》野《や》花《か》にも、メールで事件《じけん》の顚末《てんまつ》を報告《ほうこく》。すぐに返事《へんじ》が来《き》た。

この前《まえ》は、お金《かね》を払《はら》うべきだっていってごめんね。そういう詐欺《さぎ》ってこわいんだね……。


相談《そうだん》センターに問《と》いあわせたとたん、あのおそろしい料金請求《りょうきんせいきゅう》のメールは、ぷつりと来《こ》なくなった。こうして事件《じけん》は一件落着《いっけんらくちゃく》！

と思《おも》ったとき、あたしは、小梅《こうめ》ばあさんが、最後《さいご》にいいのこした一言《ひとこと》を思《おも》い出《だ》した。

たしか「エアコンには気《き》をつけて」っていってた。

部屋《へや》のエアコンをつけ、近《ちか》づいて、しげしげとながめる。

……すると？　あれ？　なんだかこげくさいような？　これって、だいじょーぶ？

スマホの事件《じけん》もあったから、このこともすぐお母《かあ》さんに知《し》らせた。

「何《なに》？　またトラブルなの？」

お母《かあ》さんは、飛《と》んできて、臭《にお》いをかぐと、すぐスイッチを切《き》った。

取《と》り扱《あつか》い説明書《せつめいしょ》を持《も》ってきて、調《しら》べている。

念《ねん》のため、製造元《せいぞうもと》の会社《かいしゃ》に電話《でんわ》してみると、お母《かあ》さんは、声《こえ》を高《たか》くしておどろいていた。

「なんですって？　修理《しゅうり》が必要《ひつよう》な機種《きしゅ》？」

なんでも、この型《かた》のエアコンは、ファンモーターからの発煙《はつえん》・発火《はっか》を何件《なんけん》も起《お》こしていたらしい。消防車《しょうぼうしゃ》が出動《しゅつどう》するほどの、火事《かじ》になったこともあるとか。

テレビや新聞《しんぶん》で「無料《むりょう》で修理《しゅうり》します」と呼《よ》びかけていたのに、我《わ》が家《や》はぜんぜん気《き》がついていなかったらしい。

「よかった、火事《かじ》にならなくて……」

親子《おやこ》で、ほうっとため息《いき》をつく。修理《しゅうり》の人《ひと》は、すぐ来《き》てくれることになった。


となりのおばあちゃんの家《いえ》に、今回《こんかい》のことを報告《ほうこく》にいった。

「小梅《こうめ》ばあさんが、助《たす》けてくれたんだよ……」

くわしく話《はな》すと、おばあちゃんは、熱《あつ》いお茶《ちゃ》をすすりながら、うなずいた。

「へーえ！　そんなことが、ねえ！」

和室《わしつ》の部屋《へや》で、いっしょにお茶《ちゃ》を飲《の》み、おばあちゃんの大好《だいす》きな栗《くり》まんじゅうをほおばる。おまんじゅうの甘《あま》さと、ちょっとしぶいお茶《ちゃ》の組《く》みあわせが、絶妙《ぜつみょう》！

「あらあら、ロビンったら……」

そばでは、黒《くろ》ネコのロビンが、畳《たたみ》で爪《つめ》をとぎ、おばあちゃんに怒《おこ》られている。

ロビンは、小梅《こうめ》ばあさんが死《し》んだ後《あと》、動物保護団体《どうぶつほごだんたい》からゆずりうけたネコ。

とってもやんちゃなんだ。おばあちゃんにしかられて、ちょっと不服《ふふく》そう。

ミャアア！

《爪《つめ》をとぐのは、ネコの習性《しゅうせい》ニャン！》

「ダメなものは、ダメですよ」

おばあちゃんは、ロビンの背中《せなか》をなでながら、やさしくいうから、ちっとものネコは、いうことをきかない。

おばあちゃんは、しみじみといった。

「人《ひと》は死《し》んでも、残《のこ》された人《ひと》の心《こころ》の中《なか》に生《い》きつづけるっていうけれど、ネコもそうなのかもしれないね。もしかすると小梅《こうめ》は、守護霊《しゅごれい》になって、七海《ななみ》を守《まも》っていてくれたりして……。ひょっとしたら、いつもそばにいるのかも？」

「そうだったら、いいなあ！」

あたしは、自分《じぶん》のまわりを見回《みまわ》しながら、いった。

それから、おばあちゃんは、あたしを、こうさとした。

「近頃《ちかごろ》は、よくテレビで女子力《じょしりょく》がどうのとかいってるけれど、女《おんな》は、そんな小《ちい》さなことにふりまわされたら、いけないのよ。自分《じぶん》なりに生《い》きて、自分《じぶん》なりに輝《かがや》いていれば、それでいいの。他人《たにん》の目《め》なんか気《き》にしなくたって……。七海《ななみ》はいい子《こ》なんだから、今《いま》のままでだいじょうぶ」

「……ありがとう」

おばあちゃんにいわれて、和樹《かずき》の言葉《ことば》を気《き》にして、女子力診断《じょしりょくしんだん》をやって大《おお》さわぎした自《じ》分《ぶん》が、なんだかバカバカしく思《おも》えてきた。

弱気《よわき》になって、サイトの詐欺《さぎ》にひっかかりそうになった自分《じぶん》が、くやしかった……！

けっきょく、男子《だんし》の目《め》なんか気《き》にするより、だれかにだまされない、しっかりした人間《にんげん》になることの方《ほう》が、よっぽど大事《だいじ》なんじゃないの？

おばあちゃんの家《いえ》を出《で》る。もうすっかり雪《ゆき》が解《と》けた庭《にわ》。小梅《こうめ》ばあさんのお墓《はか》の前《まえ》に座《すわ》る。まるい石《いし》を置《お》いただけの小《ちい》さな墓《はか》には、今日《きょう》もおばあちゃんが、アジの干物《ひもの》をお皿《さら》に乗《の》せて供《そな》えている。きっと後《あと》でロビンが食《た》べるんだろう。

お墓《はか》の前《まえ》にしゃがんで、両手《りょうて》を合《あ》わせた。

「ありがとう！　小梅《こうめ》ばあさん！　これからも、見守《みまも》っていてね！」

そのときたしかに、すぐ近《ちか》くからネコの声《こえ》が聞《き》こえた。

ニャアア……！

《はいはい。いつもそばにいますよ。まだまだ七海《ななみ》ちゃんのことは、とてもほうっておけないからね》

この日《ひ》から、あたしの右肩《みぎかた》は、なんだかほんの少《すこ》し、重《おも》くなったような気《き》がする。

もしかすると小梅《こうめ》ばあさんが、ちょこんと乗《の》っているのかもしれないね！

クッキーと
スイミング！

三月《がつ》、早春《そうしゅん》の海風《うみかぜ》は冷《つめ》たい。

仲間《なかま》や先生《せんせい》といっしょに、ヨットに乗《の》って、沖《おき》へ進《すす》む。

ぼくは、和樹《かずき》。七海《ななみ》の幼《おさな》なじみ。

土日《どにち》のヨット教室《きょうしつ》は、一番楽《いちばんたの》しみにしている時間《じかん》だ。

海《うみ》のにおい。弱《よわ》い太陽《たいよう》の光《ひかり》。ヨットが波《なみ》で、ぐうん、ぐうん、と揺《ゆ》れる。

ふりかえると、シーサイドタウンの町《まち》が、だんだん小《ちい》さくなっている。

海《うみ》は大好《だいす》きだ。……なのにぼくには、大《おお》きな悩《なや》みがある。

笑《わら》わないでくれる？

——じつは、泳《およ》げない。

今《いま》は救命胴衣《きゅうめいどうい》をつけ、腕《うで》の太《ふと》い男《おとこ》の先生《せんせい》もいっしょにいるから、海《うみ》に落《お》ちても、たぶんだいじょうぶ？

でも、もし救命胴衣《きゅうめいどうい》がはずれたら、ぼくは、おぼれ死《し》んでしまう。

これって、なんとかすべきだと思《おも》わない？　わかってるのに、行動《こうどう》しないぼく。

幼稚園《ようちえん》のとき、兄《あに》の優樹《ゆうき》といっしょにスイミングスクールに通《かよ》ったのに「プールはきらい」「水《みず》はきらい」とさわいで、一人《ひとり》だけすぐにやめてしまった。

考《かんが》えてみれば、いやなことは、いつもとちゅうで、投《な》げだしてきたような気《き》がする。

ピアノだけは、お母《かあ》さんが先生《せんせい》だったから、意地《いじ》で続《つづ》けてきたけれど、ちっとも練習《れんしゅう》しなかった。そしてついに、この前《まえ》の夏《なつ》やめてしまった。

塾《じゅく》の成績《せいせき》が上《あ》がらず、中学受験《ちゅうがくじゅけん》もあきらめた。

ピアノも中学受験《ちゅうがくじゅけん》も、もともと自分《じぶん》には向《む》いてなかったことで、仕方《しかた》ないと思《おも》う。後悔《こうかい》はしてない。

でも、ヨットをやりたいなら、泳《およ》げなくちゃ、話《はなし》にならないよね？

ほんとうはサーファーとかにも、あこがれてるし……。

学校《がっこう》でも、毎年《まいとし》のプールの時間《じかん》が、一番苦手《いちばんにがて》だ。

学年《がくねん》が進《すす》めば進《すす》むほど、泳《およ》げない人数《にんずう》は減《へ》り、もはやぼく一人《ひとり》くらい。とても、「ヨットやってるんだ」「海《うみ》が好《す》きなんだ」とはいえないような、情《なさ》けない状態《じょうたい》……。

ホントにいったい、どうしよう……。

午後二時《ごごにじ》にヨット教室《きょうしつ》が終《お》わると、一人《ひとり》で海岸《かいがん》を散歩《さんぽ》した。サーフィンをやっている人《ひと》たちがいて、ちょっと見《み》てみたかったからだ。

ウェットスーツを着《き》て、サーフボードをかかえて、かっこいいよなあ。

何度《なんど》も沖《おき》に出《で》ていっては、波《なみ》に乗《の》っている。西日《にしび》を浴《あ》びた水面《すいめん》が、キラキラと、クリスマスのイルミネーションみたいに、輝《かがや》いている。

「ふぅ……」

とぼとぼと砂浜《すなはま》を歩《ある》いていくうち、七海《ななみ》の親《おや》がやっている魚料理《さかなりょうり》の店《みせ》「魚亭《さかなてい》」が右手《みぎて》に見《み》えてきた。

店《みせ》の裏口《うらぐち》は海側《うみがわ》。大《おお》きな看板《かんばん》が立《た》っている正面《しょうめん》は、反対《はんたい》の海岸通《かいがんどお》りに面《めん》している。

すると、裏口《うらぐち》に近《ちか》いコンクリートの石垣《いしがき》に、だれかが座《すわ》り、足《あし》をブラブラさせながら、海《うみ》を見《み》てるじゃないか。

……ヤバ、七海《ななみ》だ！　今日《きょう》もジーンズに白《しろ》いパーカーっていうラフなスタイルだ。

引《ひ》きかえそうかと思《おも》ったけれど、向《む》こうも視力《しりょく》はよかった。

「ヤッホー！」

そう。七海《ななみ》の「こんにちは」は、「ヤッホー」だったりする。いつかは、女子力《じょしりょく》がないなんていって落《お》ちこませちゃったけど、その後《あと》はまた、驚異《きょうい》の回復力《かいふくりょく》で元気《げんき》になった。

七海《ななみ》が、おいでおいでと手招《てまね》きしている。

仕方《しかた》なく近《ちか》づいていくと、こう声《こえ》をかけてきた。

「おしるこ、食《た》べてかない？　たくさん作《つく》ったのに余《あま》りそうだからって、あたしも呼《よ》ばれて食《た》べにきたの！　明日《あした》は月曜日《げつようび》で定休日《ていきゅうび》だし、余《あま》っても困《こま》るんだって！」

「おお！　おしるこかあ！」

つい、その誘惑《ゆうわく》に負《ま》けた。ヨット教室《きょうしつ》の後《あと》は、いつもはらぺこだ。

コンクリートの石段《いしだん》を上《のぼ》って、裏口《うらぐち》から店《みせ》に入《はい》る。

「こんにちわあ」

調理場《ちょうりば》に入《はい》るとき、七海《ななみ》のお父《とう》さんに挨拶《あいさつ》した。背《せ》の高《たか》いお父《とう》さんは、「魚亭《さかなてい》」と白《しろ》ぬきの字《じ》が描《か》かれた黒《くろ》いエプロンをしている。

「いらっしゃい！　ちょうどいい、おしるこ食《た》べてって！」

お父《とう》さんにも勧《すす》められたら、もう断《ことわ》る理由《りゆう》はないね！　家《うち》と七海《ななみ》の家《いえ》は、背中合《せなかあ》わせでとなりどうしだから、小《ちい》さいときからおたがい、家族《かぞく》ぐるみのつきあいだ。

温《あたた》めなおしてもらったおしるこを、七海《ななみ》と二人《ふたり》、調理場《ちょうりば》のすみっこのまるいパイプ椅子《いす》に座《すわ》って食《た》べた。

あっまーい！　ほかほかして体《からだ》が温《あたた》まる。やわらかな白玉《しらたま》の食感《しょっかん》が、ナイス！

「おいしいです！」

思《おも》わずそういうと、夜《よる》の営業《えいぎょう》の準備《じゅんび》で、魚《さかな》をさばいていた七海《ななみ》のお父《とう》さんは、ふりかえって答《こた》えた。

「そうだろ！　いつも土日《どにち》はもう少《すこ》しお客《きゃく》さんがいて、おしるこも人気《にんき》なんだけど、たまたま少《すく》なくてさ」

となりの七海《ななみ》は、

「あたしはさっき二杯《はい》食《た》べたけど、まだいける」

とかいって、三杯目《ばいめ》をすすっている。やっぱり七海《ななみ》に、女子力《じょしりょく》がどーのこーのっていうのは、ムダだったらしい……。

すると、そんなぼくの視線《しせん》に気《き》づいてか、七海《ななみ》は、きっぱりとこういった。

「もう女子力《じょしりょく》とか気《き》にするの、いっさいやめたんだ。そういうの気《き》にして弱気《よわき》になると、つけこまれて、ろくなことがないって、わかったから」

「え？　どういうこと？」

「スマホで女子力診断《じょしりょくしんだん》っていうサイトを見《み》て、診断《しんだん》してみたのね。そしたら、料金《りょうきん》を請求《せいきゅう》されそうになって、大《おお》さわぎだったの！」

「え？　マジ？」

「親《おや》が調《しら》べたら、ネットの詐欺《さぎ》だってわかって、解決《かいけつ》したんだけど」

「ふーん。それで、女子力《じょしりょく》十三点《てん》とかいってたのか……」

そういったとたん、七海《ななみ》は、ぼくの頭《あたま》をげんこつでこづく真似《まね》をしたので、あわてて話《はなし》を変《か》えた。

「ぼくもあるよ。スマホでゲームやってたら、ぜんぜん気《き》づかないうちに、有料《ゆうりょう》になってて、仕方《しかた》ないから、親《おや》に払《はら》ってもらった。めっちゃしかられたけど」

「やっぱりぃ？　こわいよねー。そういうのって！」

そんな話《はなし》をしながら、ぼくはちらちらと、七海《ななみ》のお父《とう》さんの筋肉隆々《きんにくりゅうりゅう》の背中《せなか》を見《み》ていた。

なかなか、この人《ひと》と話《はな》す機会《きかい》は少《すく》ない。この浜《はま》では有名《ゆうめい》なサーフィンの名手《めいしゅ》だ。

ちょっと聞《き》いてみたいことがあった。でも、なかなかいいだせない。

サーフィンやりたいなら、泳《およ》げなくちゃ、ダメですかって……。

七海《ななみ》と、どうでもいい話《はなし》をしながら、お父《とう》さんの方《ほう》を気《き》にしてしまう。

この人《ひと》に、「そりゃ泳《およ》げなくちゃダメだよ」っていってもらったら、自分《じぶん》も一歩前《いっぽまえ》に踏《ふ》みだせそうな気《き》がする……。

人《ひと》はだれかに相談《そうだん》するとき、じつはその答《こた》えが自分《じぶん》の中《なか》ではもうわかっていて、たしかめるためだけに聞《き》くっていうけど、今《いま》のぼくもそうかもしれない。

つばを飲《の》みこんでから、七海《ななみ》のお父《とう》さんの方《ほう》に体《からだ》を向《む》け、思《おも》いきって、聞《き》いてみた。

「あ、あの。サーフィンについて、ちょっと質問《しつもん》してもいいですか？」

「お？　なんだい？」

「ぼくもやりたいなって思《おも》ってるんですけど、やっぱり、その……泳《およ》げなくちゃ無理《むり》でしょうか」

そのとたん、七海《ななみ》が、ぷっとふきだして大笑《おおわら》いしかける。しかしとちゅうでやめ、神妙《しんみょう》な顔《かお》であやまった。

「ごめん……。笑《わら》っちゃって」

もちろん七海《ななみ》は、ぼくが泳《およ》げないことを、よく知《し》ってる。

しかも七海《ななみ》は、泳《およ》ぎが超得意《ちょうとくい》。プールや海《うみ》で泳《およ》いでる姿《すがた》は、色黒《いろぐろ》の人魚《にんぎょ》っていうより、水《みず》を得《え》た魚《さかな》そのもの。

七海《ななみ》のお父《とう》さんは、にやっと笑《わら》い、こういった。

「そりゃそうだよ！　サーフィンに限《かぎ》らず、マリンスポーツは、おぼれたり、沖《おき》に流《なが》されたり、とても危険《きけん》なんだよ。波《なみ》のうねりや潮《しお》の流《なが》れもあるから、プールだけでなく、海《うみ》で泳《およ》げることが条件《じょうけん》だ。それができなきゃ、ボードを持《も》つ資格《しかく》はないね」

「……やっぱり、そうですか」

しょんぼり返事《へんじ》をすると、七海《ななみ》が、こういいだした。

「じつはあたしも、お父《とう》さんにサーフィン習《なら》いはじめたんだ」

「え？　そうだったの？」

そうか、だからいつも真《ま》っ黒《くろ》けなんだ。

「おもしろいよ！　そのうち、いっしょにやろうよ！」

「……だから、泳《およ》げないんだって……」

「そんなの、がんばってできるようにすれば、いいだけじゃん！」

七海《ななみ》が、バンとぼくの背中《せなか》をたたいたので、もう少《すこ》しで、おはしとおわんを取《と》りおとすところだった。でもこれで、ぼくの気持《きも》ちは、だいぶ固《かた》まった。

「そうだね。やっぱ練習《れんしゅう》してみるしかないか。ヨットもはじめたことだし」

「そーだよ、そーだよ！」

七海《ななみ》のお父《とう》さんも、はげましてくれた。

「泳《およ》げるようになったら、浜《はま》で待《ま》ってるよ！　七海《ななみ》といっしょに教《おし》えてやるから」

「ありがとうございます！」

もしこの人《ひと》に指導《しどう》してもらえるのなら、ホントにうれしい！

よかった。目標《もくひょう》ができて！

思《おも》わず、おしるこを、七海《ななみ》といっしょにおかわりする（七海《ななみ》はもう四杯目《はいめ》？）。

……だけどさあ。いったい、どこでどうやって練習《れんしゅう》したらいいんだろう？

家《いえ》にもどると、茶色《ちゃいろ》いネコのクッキーと、ロシアンブルーのネコのソラが、玄関《げんかん》に張《は》ったペット用《よう》のフェンスの向《む》こうで、ぼくをむかえてくれた。

家族《かぞく》みんな留守《るす》だったから、だれかが帰《かえ》ってくるのを待《ま》っていたんだね。

フェンスを開《ひら》いて入《はい》り、足下《あしもと》にすりよってくるのを、一匹《ぴき》ずつだっこ。

ニャーン！　ニャーン！

《ソラお兄《にい》ちゃんと、いい子《こ》でお留守番《るすばん》してたよ》《オレさまは、クッキーの相手《あいて》ばかりで、たいくつだった〜》

ネコはいいよなあ。もともと水《みず》がきらいらしいし、泳《およ》げなくたっていいんだもん……。

ところが、家族《かぞく》での夕食《ゆうしょく》が終《お》わった、その夜《よる》のことだった。

一人《ひとり》でお風呂《ふろ》に入《はい》り、湯船《ゆぶね》にぼんやりつかっていると、何《なに》かが曇《くも》りガラスのドアをひっかいている。茶色《ちゃいろ》い体《からだ》は、クッキーだな！

ネコたちは、家《いえ》の中《なか》をうろちょろしているけれど、お風呂《ふろ》にやってくるなんて、はじめてだった。脱衣所《だついじょ》のドアが、少《すこ》し開《あ》いていたのかもしれない。

ガラスのドアを開《あ》けてやると、クッキーは中《なか》を見回《みまわ》し、一歩一歩《いっぽいっぽ》前足《まえあし》でたしかめるように、水色《みずいろ》のタイルの浴室内《よくしつない》に入《はい》ってきた。ぼくは、湯船《ゆぶね》にもどってクッキーを呼《よ》ぶ。

「おまえも、入《はい》るか？」

クッキーはぴょんと湯船《ゆぶね》の縁《ふち》に飛《と》びのってきた。なかなか好奇心旺盛《こうきしんおうせい》だな。

でも、きっとここで引《ひ》きかえすだろう。いつか、ソラをシャンプーしようとしたら、いやがって、大《おお》さわぎしたんだから！　まるで、この世《よ》の終《お》わり、みたいに鳴《な》きわめいていた。

ところが！

バッチャーン！　クッキーは、勢《いきお》いよく、飛《と》びこんできた！

え？　え？　おまけに、四本《ほん》の足《あし》を器用《きよう》に動《うご》かして、泳《およ》いでいる。

「おまえ泳《およ》げたのか！」

クッキーは、ドヤ顔《がお》でこっちを見《み》た。

《泳《およ》げるネコだっているニャン。あったかくて気持《きも》ちがいいよ》

ガーン！　これはショックだった。いくら動物《どうぶつ》は本能《ほんのう》で生《い》きているとはいえ、たぶん生《う》まれてはじめて水《みず》に飛《と》びこんで、すいすい泳《およ》いじゃうとは！

毎年《まいとし》プールに入《はい》っていても、ぜんぜん泳《およ》げないぼくに比《くら》べ、なんてすごいんだろう！

ぼくが、クッキーをかかえて、湯船《ゆぶね》の外《そと》に出《だ》すと、またぴょんと縁《ふち》に飛《と》びのって、飛《と》びこむ。楽《たの》しそうに、何度《なんど》も繰《く》りかえしている。……完全《かんぜん》にぼくの負《ま》けだった。

いっしょにお風呂《ふろ》から上《あ》がる。パジャマに着《き》がえ、まだかわかないクッキーの体《からだ》にドライヤーを当《あ》てた。

ふだんはつかわないドライヤーの音《おと》を聞《き》きつけ、お母《かあ》さんが何事《なにごと》かとやってきた。

「どうしたの？　クッキーもお風呂《ふろ》に入《はい》ったの？」

「そうなんだよ！　しかも、泳《およ》いだんだ！」

「……まあ！　めずらしいネコね！　今度《こんど》お母《かあ》さんもいっしょに入《はい》ってみたいわ！」

ネコが泳《およ》ぐなんて、だれでもおどろくよね！

そしてこのとき、ぼくはするりといいだせた。

「クッキーも泳《およ》げるんだから……、ぼくも泳《およ》げるようになった方《ほう》がいいと思《おも》うんだけどさ……。スイミング教室《きょうしつ》とか、通《かよ》ってもいい？」

すると、お母《かあ》さんは、「あら！」と笑《わら》ってこういった。

「そうよ。そろそろ本気《ほんき》で練習《れんしゅう》しないと、大人《おとな》になっても泳《およ》げないままになっちゃうわ。

また教室《きょうしつ》に通《かよ》ってもいいかもしれないわね！」

こうして、春休《はるやす》み、短期《たんき》のスイミング教室《きょうしつ》に通《かよ》うことが決《き》まった。

シーサイドタウンの駅前《えきまえ》にあるスポーツクラブ。ここには、幼稚園《ようちえん》のとき何回《なんかい》か通《かよ》ったけれど、この年《とし》になってまた来《く》るとは思《おも》わなかったな。

級《きゅう》ごとに帽子《ぼうし》の色《いろ》が分《わ》かれていて、ぼくはまったく泳《およ》げないから、10級《きゅう》で赤《あか》。

スポーツクラブの紺色《こんいろ》の水着《みずぎ》に着《き》がえ、帽子《ぼうし》をかぶり、プールサイドに行《い》く。

小《ちい》さい子《こ》から大《おお》きい子《こ》までいっぱい。

「赤《あか》い帽子《ぼうし》の10級《きゅう》の人《ひと》！　こちらに集《あつ》まって！　出席《しゅっせき》を取《と》ります！」

10級《きゅう》の女《おんな》の先生《せんせい》の前《まえ》に行《い》き、そばにならんだ子《こ》どもたちを見《み》て、またまた、ガーン！

幼稚園《ようちえん》の子《こ》ばっかり……。

その中《なか》で、身長《しんちょう》が百五十センチを越《こ》えたぼくは、一人《ひとり》だけ飛《と》びだして目立《めだ》ちすぎ。

ちびっ子《こ》たちは、ぼくのことをふしぎそうに見《み》ている。

「どうしたの、このお兄《にい》ちゃんは？」って感《かん》じ。

同情《どうじょう》してくれたのか、笑《わら》われずにすんだのが、せめてもの救《すく》いだった。

プールサイドにこしかけ、足《あし》をパシャパシャ動《うご》かすところからはじまった。

水《みず》をかけ、体《からだ》を水温《すいおん》に慣《な》らしてから、プールに入《はい》る。

次《つぎ》は、水《みず》に顔《かお》をつける練習《れんしゅう》。小《ちい》さい子《こ》たちはけっこう平気《へいき》で、どんどん顔《かお》をつけている。

息《いき》を止《と》めて、鼻《はな》をつまみ、えいっ！　じつは死《し》ぬ思《おも》いだった。

もっと深《ふか》いもぐりっこもはじまったけれど、ぼくは、こわくて、しりごみしてしまった……。

情《なさ》けない……。やっぱり泳《およ》ぐなんて、夢《ゆめ》の夢《ゆめ》なのかな……。


ぐったり疲《つか》れて家《いえ》に帰《かえ》る。夜《よる》は、クッキーをだいて、お風呂《ふろ》に入《はい》った。

またまたクッキーは、湯船《ゆぶね》にダイビングを繰《く》りかえして、ごきげん！

「ねえ、クッキー。いったいどうしたら、そんなにうまく泳《およ》げるんだよ？」

クッキーは、あどけない顔《かお》で、ぼくを見上《みあ》げた。

何悩《なになや》んでるの？　って感《かん》じで、ニャアと鳴《な》く。

《こわがらなければ、ぜんぜん平気《へいき》ニャン》

そうかなあ。クッキーは、まったく水《みず》をこわがっていないから、体《からだ》が固《かた》くならず、自由《じゆう》に動《うご》けるのかな。

ぼくは、今日《きょう》の復習《ふくしゅう》をしようと、顔《かお》を水《みず》につける練習《れんしゅう》をはじめた。

洗面器《せんめんき》に水《みず》を入《い》れていると、横《よこ》からクッキーがやってきて、冷《つめ》たい水《みず》をピチャピチャ飲《の》んでいる。

「こら！　飲《の》み物《もの》じゃないんだぞ！」

そういいながら、クッキーを横《よこ》によけて、洗面器《せんめんき》を両手《りょうて》で持《も》ちあげ、ガバッと顔《かお》をつける。プハッと顔《かお》を上《あ》げる。またガバッとつける。

思《おも》いきって、目《め》を開《ひら》いてみた。洗面器《せんめんき》の中《なか》の水《みず》は、電気《でんき》の光《ひかり》を受《う》けてゆらめいている。

プハッ！　顔《かお》を上《あ》げたとき、これなら明日《あした》、もう少《すこ》し上達《じょうたつ》できそうな気《き》がしてきた。

それを、何回《なんかい》も繰《く》りかえす。あれ？　もう、平気《へいき》じゃん！

ニャア？

《何《なに》やってるの、いったい？》

クッキーは、ガバッ、プハッを繰《く》りかえしているぼくを、ふしぎそうな目《め》で見《み》ていた。

じゃあ、もう少《すこ》し長《なが》くもぐってみよう。湯船《ゆぶね》に水《みず》を足《た》し、少《すこ》しぬるくして入《はい》る。

思《おも》いきって、ドボン、頭《あたま》をつっこんでみた。目《め》を開《あ》ける。三十秒《びょう》数《かぞ》える。

プハッ！　できた！

なんだこれって、ひょっとしてぜんぜんかんたんじゃん？

そうだよな。幼稚園《ようちえん》の子《こ》でもできるんだもの……。


こうして、昼間《ひるま》はスイミング教室《きょうしつ》に通《かよ》い、夜《よる》はクッキーとお風呂《ふろ》で練習《れんしゅう》する。

ぼくは、プールでも、クッキーになった気分《きぶん》で、水《みず》に入《はい》ることにした。

水《みず》をこわいという先入観《せんにゅうかん》は捨《す》てて、リラックスするように努《つと》めたんだ。

おそろしいと思《おも》ったり、あせったりすると、何《なん》でも、よけいうまくできなくなるような気《き》がする。

すると、ぜんぜん平気《へいき》でもぐれるようになったし、浮《う》くのも、すぐにできるようになった。そしてとうとう、けのび五メートルに成功《せいこう》！

「こんなにすぐ泳《およ》げるなら、もっと上《うえ》の級《きゅう》の方《ほう》がいいわ」

先生《せんせい》はそういい、もう五年生《ねんせい》だからと飛《と》び級《きゅう》で級《きゅう》を上《あ》げてもらい、黄色《きいろ》い帽子《ぼうし》の8級《きゅう》になった。ビート板《ばん》でのバタ足《あし》や、クロールの手《て》のかき方《かた》も習《なら》ったよ。

そしたら泳《およ》げた。いきなり何《なん》メートルも！

新学期《しんがっき》がはじまり、六年生《ねんせい》に進級《しんきゅう》。スイミング教室《きょうしつ》には、一学期《がっき》も続《つづ》けて通《かよ》うことに決《き》めた。せっかくなら、もっと泳《およ》げるようにしておきたいから！

六年《ねん》一組《くみ》の教室《きょうしつ》で、七海《ななみ》にも報告《ほうこく》したよ。クラス分《わ》けは、五年《ねん》のときといっしょで変《か》わらなかった。

「ぼく、スイミングに通《かよ》って泳《およ》げるようになったんだ！　クロールで二十五メートル！　息《いき》つぎもできるようになったよ！」

小《ちい》さい子《こ》みたいにはしゃいでいると、七海《ななみ》は、また肩《かた》をバンとたたいてきた。

「やったね！　そんなにすぐ泳《およ》げたんなら、すぐあたしみたいに、遠泳《えんえい》で何《なん》キロも泳《およ》げるようになるよ！」

……って、七海《ななみ》のレベルに追《お》いつくには、まだまだ先《さき》が長《なが》そうだ……。

でも七海《ななみ》は、ぼくが泳《およ》げるようになったことを、ほんとうに喜《よろこ》んでくれて、教室《きょうしつ》でピョンピョンはねまわっていた。

「じゃあ、いつか、いっしょにサーフィンやろうね！　楽《たの》しみだね！」

「うん！　夏休《なつやす》みまでには、海《うみ》でも泳《およ》げるようにしとく！」

こうして、あっという間《ま》に、お悩《なや》み解決《かいけつ》！

「自分《じぶん》は○○が苦手《にがて》だ」と思《おも》いこんで落《お》ちこむ「コンプレックス」がなくなると、こんなに晴《は》れ晴《ば》れとした気持《きも》ちになれるんだね！

これも、スイミングのお手本《てほん》を見《み》せてくれた、クッキーのおかげだな！

六月《がつ》に学校《がっこう》でプールの授業《じゅぎょう》がはじまるのが、今《いま》から楽《たの》しみで仕方《しかた》がない。

ネコ話《ばなし》で
もりあがろう！

桜《さくら》の季節《きせつ》がやってきた。わたし桃子《ももこ》。七海《ななみ》や和樹《かずき》のクラスメイトで、六年《ねん》一組《くみ》。

中学受験《ちゅうがくじゅけん》まであと十カ月《げつ》！

あこがれの進一郎《しんいちろう》さまと同《おな》じく、シーサイドタウンの丘《おか》にそびえる名門校《めいもんこう》、海光学園《かいこうがくえん》への進学《しんがく》を目《め》ざしている。

進一郎《しんいちろう》さまは、引《ひ》っ越《こ》す前《まえ》に住《す》んでいた、山《やま》の向《む》こうのグリーンタウンの同級生《どうきゅうせい》。

だから、会《あ》えるのはシーサイドタウン駅前《えきまえ》の「海光《かいこう》ゼミナール」でだけ……。

黒《くろ》いメガネにやさしい笑顔《えがお》が、とってもステキな男子《だんし》なんだよ！

だけど最近《さいきん》、塾《じゅく》でジャマな女《おんな》がいる！　愛梨《あいり》だ！　愛梨《あいり》も前《まえ》の学校《がっこう》で同学年《どうがくねん》だったんだけど、いつも、わたしと進一郎《しんいちろう》さまの間《あいだ》に割《わ》りこんでくる。

あの子《こ》まで、グリーンタウンからこっちの塾《じゅく》に、電車《でんしゃ》で通《かよ》ってくるようになったせいで、わたしの人生《じんせい》はめちゃくちゃよ！

愛梨《あいり》さえいなかったら、進一郎《しんいちろう》さまと、もっとお近《ちか》づきになれたのにぃ……！

きぃぃぃ……！　くやしい！

つい、歯《は》ぎしりしちゃう。そしてはっと気《き》づき、自分《じぶん》をしかる。

ダメだよ、桃子《ももこ》。歯《は》ぎしりなんかしたら、フェイスラインにひびくじゃない。あ、七海《ななみ》みたいに、美容《びよう》に関心《かんしん》のない人《ひと》たちのために説明《せつめい》しとくと、フェイスラインって、顔《かお》の輪郭《りんかく》のこと。

左右《さゆう》どっちかに力《ちから》を入《い》れて歯《は》ぎしりしたり、食事《しょくじ》のとき片方《かたほう》の側《がわ》ばかりでかんだりして、お顔《かお》のバランスが崩《くず》れたら、大変《たいへん》よね！

だいたい歯並《はなら》びがきたなくなっても、いやだしぃ。

受験勉強《じゅけんべんきょう》もいそがしいけど、美容《びよう》のことも忘《わす》れちゃダメ。

毎日《まいにち》、気《き》をつけなくちゃいけないことがいっぱいあって、桃子《ももこ》めっちゃ大変《たいへん》〜〜〜！

と、いろいろいいつつも、けっきょく進一郎《しんいちろう》さまに会《あ》える塾《じゅく》の日《ひ》は、ルンルン気分《きぶん》☆

授業《じゅぎょう》の三十分前集合《ぶんまえしゅうごう》で、進一郎《しんいちろう》さまと、わたしと……なぜか愛梨《あいり》の三人《にん》で、自主学習《じしゅがくしゅう》しているんだ。

一学期《がっき》の夜《よる》の塾《じゅく》がはじまったその日《ひ》も、海岸通《かいがんどお》りの自宅《じたく》のマンションから、スキップして駅前《えきまえ》の塾《じゅく》に向《む》かった。

だいぶ暖《あたた》かくなってきて、春風《はるかぜ》が、わたしの髪《かみ》をやさしくゆらす。

今日《きょう》も、ファッションは完璧《かんぺき》！

自分《じぶん》の肌《はだ》の色《いろ》に合《あ》う、うすいピンクのキュートなワンピースに、清潔感《せいけつかん》あふれる白《しろ》いソックス。ウエーブをつけた長《なが》い髪《かみ》には、ピンクの地《じ》に白《しろ》い小花《こばな》がついたカチューシャ。

塾《じゅく》の看板《かんばん》のあるビルを入《はい》って、エレベーターに乗《の》り、上《うえ》の階《かい》へ。やがて扉《とびら》が開《ひら》く。

……ってなによ！　入口《いりぐち》のラウンジでは、すでに進一郎《しんいちろう》さまと愛梨《あいり》が、向《む》かいあって勉《べん》強《きょう》してるじゃないぃぃぃぃ！！

これって、どーゆーこと？　きぃぃぃ！

……だからダメだって桃子《ももこ》、歯《は》ぎしりしちゃ。

それに、心配《しんぱい》しなくても、愛梨《あいり》なんか競争相手《きょうそうあいて》にはならないはず。

今日《きょう》だって、二《ふた》つに結《むす》んだ髪《かみ》と、まるいメガネのなんてダサいこと！

フリルのついた白《しろ》いブラウスに赤《あか》いチェックのミニスカート、黒《くろ》のニーハイっていうファッションセンスは、まああだけどね……。

「ずいぶん早《はや》いね！」

笑顔《えがお》で二人《ふたり》に声《こえ》をかけた後《あと》、愛梨《あいり》だけジロッとにらみつけてやる。

愛梨《あいり》は、殺気《さっき》を感《かん》じたのか、一瞬《いっしゅん》びくっとたじろいだ。

そうだよ。バレンタインに、わたしが進一郎《しんいちろう》さまに、大《おお》きな手作《てづく》りチョコの詰《つ》めあわせをわたしたの、あんただって見《み》てるでしょ？

一週間《いっしゅうかん》がかりで、ママといっしょに作《つく》ったんだから！

ふつうなら、進一郎《しんいちろう》さまのそばに寄《よ》るのも、遠慮《えんりょ》して当《あ》たり前《まえ》だっつーの！

だけど、けっきょく、進一郎《しんいちろう》さまは、ホワイトデーには、何《なに》もお返《かえ》しくれなかったんだけどね。ちょっとは期待《きたい》してたから、すごいショックだった……（涙）。

進一郎《しんいちろう》さまは、黒《くろ》いメガネの縁《ふち》を持《も》ちあげ、明《あか》るい声《こえ》でいった。

「今日《きょう》は、うちの学校《がっこう》は、午前中《ごぜんちゅう》で授業《じゅぎょう》が終《お》わりだったんだ」

「そうなんだあ」

わたしは進一郎《しんいちろう》さまの右横《みぎよこ》の席《せき》の椅子《いす》に腰《こし》をおろし、さらに椅子《いす》を引《ひ》っぱって近《ちか》づける。

愛梨《あいり》をちらりと見《み》る。

どーだ！　これでわたしの方《ほう》が、距離《きょり》が近《ちか》くなった！

愛梨《あいり》は、参《まい》ったと思《おも》ったのか、首《くび》をすくめている。

「それで、何《なに》勉強《べんきょう》してたの？　また記述《きじゅつ》？」

進一郎《しんいちろう》さまが答《こた》えた。

「そうそう。去年《きょねん》のA中学《エーちゅうがく》の国語《こくご》の入試問題《にゅうしもんだい》」

「そっかあ。もうそろそろ、過去問《かこもん》もやる時期《じき》だよね。海光学園《かいこうがくえん》の問題《もんだい》はむずかしいから、夏休《なつやす》み以降《いこう》にやればいいって、先生《せんせい》はいってるけど……」

「でもA中学《エーちゅうがく》のも、なかなか手《て》ごわくてさあ。愛梨《あいり》に教《おし》えてもらってるんだ」

けっ。またかっ。愛梨《あいり》は作文《さくぶん》が得意《とくい》。記述問題《きじゅつもんだい》の解《と》き方《かた》を、愛梨《あいり》が教《おし》えてあげたら、進《しん》一郎《いちろう》さまの成績《せいせき》が急《きゅう》に上《あ》がっちゃった。

それ以来《いらい》、進一郎《しんいちろう》さまは愛梨《あいり》にばっかり「教《おし》えて教《おし》えて」って、たよるようになっちゃって……。なかなか、わたしが入《はい》るすきまがない。

しばらく、そのA中学《エーちゅうがく》の国語《こくご》の問題《もんだい》をいっしょにやっていたけれど、わたしは頃合《ころあ》いを見《み》て、塾《じゅく》のカバンから算数《さんすう》の問題集《もんだいしゅう》を取《と》りだし、こういった。

「あの〜、桃子《ももこ》、この文章題《ぶんしょうだい》、わからないのぉ。教《おし》えてくれなーい？」

「うん、いいよ！」

進一郎《しんいちろう》さまは、やさしい笑顔《えがお》でうなずいてくれる。
やった☆　それからは、進一郎《しんいちろう》さまの横《よこ》にべったりついて、ずっとその問題《もんだい》の解《と》き方《かた》を教《おそ》わっていた。

塾《じゅく》では、愛梨《あいり》が来《き》てから、油断《ゆだん》もスキもないっ！

だけど、聞《き》いてくれる？　じつはわたし、学校《がっこう》でも毎日落《まいにちお》ちこんでいるんだ……。

教室《きょうしつ》で……、友《とも》だちができない。

五年生《ねんせい》の二学期《がっき》から、シーサイドタウンの小学校《しょうがっこう》に転校《てんこう》してきたんだけど、同《おな》じクラスの七海《ななみ》に「赤《あか》い服《ふく》は似合《にあ》わない」なんて、ホントのことをいっちゃったせいで、学年《がくねん》の女子全員《じょしぜんいん》からシカトされちゃった。物《もの》をかくされたり、いじめにあったりした。

七海《ななみ》とはすぐ仲直《なかなお》りして、みんなからのいじめもなくなったけど、それでも、毎日学校《まいにちがっこう》では、気《き》がつくと……ぽつん。

たまに、ファッションについて聞《き》いてくる子《こ》はいて、「こうやってコーディネートするといいよ」とか「この雑誌《ざっし》を参考《さんこう》にするといいよ」とか教《おし》えてあげるんだけど、それ以外《いがい》は、ほとんど会話《かいわ》がない。

わたしは、教《おし》えてあげる一方《いっぽう》だから、まわりから見《み》ると、お高《たか》くとまってるように見《み》えるのかもしれない。

どこかのグループに、自然《しぜん》と入《はい》ってる子《こ》たちが、うらやましい。

だれともつるまず、一人《ひとり》でがんばってる子《こ》もいないわけじゃないけれど、そういう子《こ》って、もともと芯《しん》が強《つよ》くて、神経《しんけい》がタフそう。自分《じぶん》の世界《せかい》を持《も》ってる感《かん》じ。

わたしには、とても真似《まね》できないな……。

「美人《びじん》って孤独《こどく》なのよね」

ママが、長《なが》い髪《かみ》をかきあげながら、よくいう言葉《ことば》。

家《うち》は、母娘二人家族《おやこふたりかぞく》。ママは、三十代《だい》向《む》けの女性誌《じょせいし》の表紙《ひょうし》を飾《かざ》る、トップモデル。

ウエーブしたシャンパンゴールドの髪《かみ》。整《ととの》った目鼻立《めはなだ》ち。魅惑《みわく》の目《め》ヂカラ。カモシカのように長《なが》い足《あし》……。

ふつうの人《ひと》がいったらイヤミなセリフでも、ママがいうと、ぜんぜん自然《しぜん》。

ママの友《とも》だちは、ごく親《した》しい数人《すうにん》だけみたい。モデルは食《た》べすぎが厳禁《げんきん》だから、食事《しょくじ》やパーティーのつきあいが悪《わる》いせいもあるらしい。ママはいつも、こうこぼしてる。

「だいたい、美人《びじん》ってすぐひがまれるしね。つらいわあ」

ひょっとして、桃子《ももこ》も、そうなのかな？

背《せ》は急《きゅう》に高《たか》くなって、スタイルはまあまあだし、子《こ》どもっぽかった顔《かお》も、だんだん女《おんな》らしくなってきたしぃ☆

でも、それでも、さみしいものは、さみしい。

私立《しりつ》の中学《ちゅうがく》に入学《にゅうがく》するまで、あと一年間《ねんかん》のがまんとはいえ、やっぱり、つらい。

休《やす》み時間《じかん》、話《はな》す相手《あいて》がいない。教室《きょうしつ》の移動《いどう》のとき、いっしょに歩《ある》く子《こ》がいない。学校《がっこう》から帰《かえ》るときだって……。

放課後《ほうかご》は、塾《じゅく》が週《しゅう》に六日《むいか》もあるから、進一郎《しんいちろう》さまや愛梨《あいり》とグループ学習《がくしゅう》したりして、なんとかなってるけどね。

こんなことくらいで負《ま》けちゃダメだって、自分《じぶん》に気合《きあい》を入《い》れてみても、ときどき、どうしてもしょんぼりしちゃう。みんなも学校《がっこう》で、そんなこと、ない？

「ミイミイ。どう思《おも》う？　人間《にんげん》って、やっぱ、一人《ひとり》ぼっちじゃ生《い》きられないのかなあ」

飼《か》いネコのミイミイに、つい、ぐちをこぼす。

ミイミイは、毛《け》が長《なが》いベージュのネコ。

小学校《しょうがっこう》の前《まえ》で交通事故《こうつうじこ》にあったのを助《たす》けられて家《うち》に来《き》て、今《いま》はすっかり元気《げんき》になった。

ニャアアアーン！

《ネコも同《おな》じ。一人《ひとり》ぼっちじゃ生《い》きられない。みんな、だれかがそばにいるから、元気《げんき》でいられるの。わたしも、桃子《ももこ》ちゃんちに来《こ》られて、ほんとうによかった》

「そうだよね……。わたしも、やっぱり学校《がっこう》で友《とも》だちほしいなあ……」

六月《がつ》には修学旅行《しゅうがくりょこう》もあるから、そんなとき「ぼっち」だったら、つらすぎだよ。

一番《いちばん》、声《こえ》かけやすいのは、七海《ななみ》と咲野花《さやか》なんだけど……。

ときどき、二人《ふたり》が話《はな》しているのに、耳《みみ》をそばだててみる。

でも、よく聞《き》いてると、「ミッドタウンの動物園《どうぶつえん》って、幼稚園《ようちえん》のとき遠足《えんそく》で行《い》ったとこ

だよね～」とか、「七海《ななみ》ったら、小《ちい》さいころからおっちょこちょいなんだから。ほら、あのときも……」とか、けっこう昔《むかし》の話《はなし》を持《も》ちだして、いっしょにもりあがっている。

こういうのって、つらいね。なかなか話《はなし》に入《はい》っていけない。

考《かんが》えてみれば、同級生《どうきゅうせい》のほとんどは、幼稚園《ようちえん》や保育園《ほいくえん》のときから、この町《まち》で暮《く》らしていたわけで、ほかからやってきたわたしに、いっしょの思《おも》い出《で》はない……。

いけない、いけない。ここで、へたってどーする！

なんとか「ぼっち」を抜《ぬ》けだすんだ！　がんばれ、桃子《ももこ》！

でも、いったいどうやってなかよくなったらいいんだろう？

わたしは、知恵《ちえ》をしぼって考《かんが》えてみることにした。

その日《ひ》の休《やす》み時間《じかん》、七海《ななみ》は、咲野花《さやか》の席《せき》のところで、何《なに》か話《はな》していた。

ダンボのように耳《みみ》をすましていると、どうやら、咲野花《さやか》が作《つく》るビーズアクセサリーのことでもりあがっているようだ。

……今《いま》、チャンスかも！

さっそく席《せき》から立《た》ちあがり、二人《ふたり》に近《ちか》づいていく。

咲野花《さやか》の筆箱《ふでばこ》には、白《しろ》いビーズで作《つく》った、小《ちい》さなクマの人形《にんぎょう》がついていた！

「うわ、ステキ！　わたしにも見《み》せてぇ！」

そういって、声《こえ》をかけた。座《すわ》っている咲野花《さやか》は、はずかしそうに頬《ほお》を紅潮《こうちょう》させた。

七海《ななみ》が、ふりかえってにこっと笑《わら》う。

「ね！　桃子《ももこ》もすごいって思《おも》うでしょ！　こんなのよく作《つく》れるよねぇ！」

なにしろ、そのクマは、白《しろ》の細《こま》かいビーズで編《あ》みあげられているだけでなく、うすいピンクのビーズで作《つく》ったお洋服《ようふく》まで着《き》ていて、耳《みみ》にはイエローのお花《はな》までついているんだ。

す、すごい……。わずか二センチぐらいしかない人形《にんぎょう》なのに、ホントに芸術品《げいじゅつひん》。

「ねえねえ、わたしにも、どうやってビーズ作《つく》るのか、教《おし》えてくれない？」

咲野花《さやか》は、うれしそうにいった。

「いいよ。今度《こんど》家《うち》に遊《あそ》びに来《く》る？」

やった！　やった！

「うん！　行《い》く行《い》く！　明日《あした》は塾《じゅく》がないから、だいじょうぶだけど？」

作戦大成功《さくせんだいせいこう》！　これで、孤独《こどく》なわたしにも、やっと友《とも》だちができそうな予感《よかん》！

次《つぎ》の日《ひ》、七海《ななみ》といっしょに咲野花《さやか》の家《いえ》にはじめて遊《あそ》びにいった。

駅前《えきまえ》のコンビニの前《まえ》で待《ま》ちあわせ。丘《おか》の石段《いしだん》を上《あ》がっていった先《さき》に、二人《ふたり》の家《いえ》はあるらしい。

左右《さゆう》には、住宅《じゅうたく》が段々《だんだん》に建《た》っていて、ところどころに、夏《なつ》みかんの畑《はたけ》があり、ちょうど春《はる》の今《いま》、黄色《きいろ》い実《み》を実《みの》らせていた。

咲野花《さやか》の家《うち》は、七海《ななみ》の家《いえ》から少《すこ》し先《さき》にいったアパートの一階《かい》だった。

咲野花《さやか》のお母《かあ》さんは、洋裁《ようさい》の仕事《しごと》をしているんだって。

「いらっしゃい！　おばさんは仕事《しごと》してるけど、自由《じゆう》に遊《あそ》んでいってね！」

こういって、愛想《あいそう》よくむかえてくれた。

ダイニングのすみに置《お》いたミシンで洋服《ようふく》を縫《ぬ》っている。

しかし、その速《はや》さが、すごい！　ダダダダダ！　って、機関銃《きかんじゅう》のような音《おと》。

あれよあれよという間《ま》に、ズボンの裾《すそ》あげの仕事《しごと》を、何本《なんぼん》もこなしていた。

なるほど、咲野花《さやか》はこのお母《かあ》さんの影響《えいきょう》で、手芸《しゅげい》が得意《とくい》になったのね〜。

わたしたち三人《にん》は、ダイニングテーブルをかこむ。

咲野花《さやか》が、ビーズの道具《どうぐ》が入《はい》った箱《はこ》を持《も》ってきて、並《なら》べる。

わあ！　宝石《ほうせき》みたい。いろんな色《いろ》の、いろんな大《おお》きさのビーズたち！

七海《ななみ》も、教《おし》えてもらうのははじめてだそうで、まずは、かんたんなハートの作《つく》り方《かた》を実演《じつえん》してもらうことにした。

咲野花《さやか》は、赤《あか》い大《おお》きなビーズで、わかりやすく見《み》せてくれる。

「まず、このテグスっていう透明《とうめい》な糸《いと》にね、四《よっ》つビーズを通《とお》したら、最後《さいご》のビーズに反対《はんたい》側《がわ》からもテグスを入《い》れて交差《こうさ》させて結《むす》ぶの……」

ここまでは、わかった。

しかし、それから先《さき》が、フクザツ。ルールにそってビーズに糸《いと》を通《とお》し、ときどき反対側《はんたいがわ》からも糸《いと》を入《い》れたりして、編《あ》んでいく。七海《ななみ》は、さっそく、

「わかんなーい！」

とさけんでいた。

わたしは正直《しょうじき》、思《おも》った。……めんどくせー！

もともと、細《こま》かい作業《さぎょう》は苦手《にがて》。ビーズを見《み》ているだけで、寄《よ》り目《め》になりそう。でも、

「わ！　おもしろそう！　わたしにもできるかなあ！」

なんて、興味《きょうみ》しんしんなふりをする。

咲野花《さやか》に続《つづ》き、七海《ななみ》とわたしもやってみる。七海《ななみ》は水色《みずいろ》のビーズ。わたしは、ピンクのビーズ。一《ひと》つ一《ひと》つ教《おし》えてもらいながら、編《あ》んでいく。

いくつかの段階《だんかい》までは成功《せいこう》して、ハートのかけら、みたいのまではできあがった。

でもけっきょく、七海《ななみ》もわたしも最後《さいご》までは無理《むり》で、咲野花《さやか》にやってもらって、やっと完成《かんせい》！　まあ、けっこう楽《たの》しかったけどね！

咲野花《さやか》は、ニコニコ笑《わら》っている。

「またいっしょにやろうね！　ビーズだけじゃなく、パールとかの材料《ざいりょう》をつかってアクセを作《つく》ったりするのも、案外《あんがい》かんたんなんだよ！」

こうして、七海《ななみ》や咲野花《さやか》との初日《しょにち》の遊《あそ》びは、一応大成功《いちおうだいせいこう》。

「ビーズと糸《いと》がほしいんだけど……」

今回《こんかい》は咲野花《さやか》のビーズをつかわせてもらったけれど、これからは、マイビーズを持《も》っていないと、いっしょに遊《あそ》べない。

そこで、家《いえ》に帰《かえ》るとすぐママにたのんでみたけど、ママも手芸《しゅげい》とか超苦手《ちょうにがて》だから、ビーズのこととか、よくわからないらしい。

そこで、手芸《しゅげい》にくわしそうなスタイリストさんに聞《き》いてくれて、なんとかネットの通販《つうはん》で、何種類《なんしゅるい》ものビーズや糸《いと》をゲットした。

ランドセルの中《なか》にこっそりビーズをしのばせ、昼休《ひるやす》みとかに見《み》せあいっこ。

「どうどう？　きれいな色《いろ》でしょ？」

「あたしも、買《か》ってきたんだ！」

七海《ななみ》も、けっこうノリノリ。あの七海《ななみ》が、こんな女《おんな》の子《こ》らしいことするなんて、思《おも》わなかったな！

次《つぎ》の木曜《もくよう》、再《ふたた》び咲野花《さやか》の家《いえ》に集合《しゅうごう》して、今度《こんど》は、デイジーチェーンステッチ、っていうのに挑戦《ちょうせん》！

まるいお花《はな》が連《つら》なったように編《あ》んでいくやり方《かた》で、これを覚《おぼ》えるとブレスレットが作《つく》れるんだって！

小《ちい》さなビーズをまるくつなげた中《なか》に、中心《ちゅうしん》となる大《おお》きなビーズを入《い》れる。これで一《ひと》つのお花《はな》が完成《かんせい》。さらにとなりのお花《はな》も、どんどんつなげて作《つく》っていく。七海《ななみ》ったら、

「わあ！　デコボコだあ！」

とさけんでいた。糸《いと》の引《ひ》きしめ方《かた》がむずかしくて、力《ちから》かげんがバラバラだと、うまく平《たい》らにつながっていかない。

わたしも、目《め》を三角《さんかく》にしながら、慎重《しんちょう》に作《つく》っていく。

けっきょく、ほんの少《すこ》ししかできず、残《のこ》りは家《いえ》で……。

でも、わたし、今《いま》、受験勉強中《じゅけんべんきょうちゅう》なんですがぁ。

こんなこと、やってるヒマないっつーの！

だけど、明日学校《あしたがっこう》で、ビーズ編《あ》みが進《すす》んだとこ、見《み》せたいしなあ。

その日《ひ》は、夜《よる》おそくまで、勉強《べんきょう》もそっちのけでビーズと格闘《かくとう》していた。

三日後《みっかご》、とうとうブレスレットが完成《かんせい》！

七海《ななみ》が水色《みずいろ》、わたしがピンク、咲野花《さやか》が赤《あか》。

三人色《にんいろ》ちがいだけど、オソロのができたよ！

「友《とも》だちの印《しるし》だね！」

わたしがいうと、咲野花《さやか》も七海《ななみ》もうなずいてくれた。あーあ、よかった。

でもさあ、二人《ふたり》とはなぜか、ビーズのことしか話《はなし》がないんだよね。

毎日毎日《まいにちまいにち》、ビーズ、ビーズ、ビーズ……。

勉強《べんきょう》もしなくちゃいけないのに、わたしったら、何《なに》やってるの？　正直《しょうじき》アセッてくる。

そしてまた週《しゅう》に一度《ど》、わたしの塾《じゅく》が休《やす》みの日《ひ》には、咲野花《さやか》の家《いえ》に集《あつ》まる。

今度《こんど》は、ビーズで指輪《ゆびわ》を作《つく》るんだって。

はあ……。指輪《ゆびわ》なんか、買《か》えばいいじゃん……。

って思《おも》うわたしは、いけませんかね？

咲野花《さやか》に教《おそ》わりながら、また三人《にん》でブレスレットと同《おな》じ色《いろ》のを作《つく》っていく。だけど……。

とうとう目《め》がしょぼしょぼして、続《つづ》かなくなってきた。

だって、昨日《きのう》も夜《よる》おそくまでビーズやって、それから勉強《べんきょう》もして……。

ファァァ……。思《おも》わず、あくびをかみころす。

「桃子《ももこ》、眠《ねむ》いの？」

「ううん、そんなことないけど」

勉強《べんきょう》がいそがしいなんていったら、またガリ勉《べん》とかいわれそうだし……。

しばらくつきあっていたけど、指輪作《ゆびわづく》りは、ちっともうまくいかなかった。

ビーズで作《つく》った帯《おび》をまるめて指輪《ゆびわ》にするんだけど、なかなか幅《はば》がそろわない。太《ふと》いところがあったり、細《ほそ》いところがあったり……。

七海《ななみ》のビーズも、縁取《ふちど》りの部分《ぶぶん》があちこち飛《と》びだして「爆発《ばくはつ》」し、すごいことになってる……。

だんだんイライラしてきた。

ダメだよ、桃子《ももこ》。がまん、がまん。せっかくなかよくなれたんだから……。

でも、どうしてこんなことまでして、友《とも》だち作《つく》らなきゃならないの？

……もうヤダ。ヤダヤダヤダヤダ。

それよりわたしは、進一郎《しんいちろう》さまと同《おな》じ中学《ちゅうがく》に入《はい》れるよう、勉強《べんきょう》した方《ほう》がいいんじゃない？　そう思《おも》ったとたん、気《き》がついたら、ガタンと席《せき》を立《た》っていた。

「ど、どうしたの？」

咲野花《さやか》と七海《ななみ》が聞《き》いてくる。

「もー、やーめた！」

さけんでしまって、すぐ後悔《こうかい》し、あわてて口《くち》をおさえる。

だけど、いっちゃった。あわてて説明《せつめい》した。

「やっぱりわたしには無理《むり》みたい……。むずかしくって……。もともとめんどくさがりやだし……」

咲野花《さやか》と七海《ななみ》は、ぽかんとして見《み》ている。

すると、七海《ななみ》が、頬《ほお》をふくらませて、こっちをにらんだ。

「ええ？　やめるの？　もともと、桃子《ももこ》がビーズ作《つく》りたいっていったんじゃない。咲野花《さやか》がせっかく教《おし》えてくれたんだよ。とちゅうで投《な》げだすなんて……！」

「…………」

同《おな》じ部屋《へや》にいた咲野花《さやか》のお母《かあ》さんも、あらあらという顔《かお》で、わたしを見《み》ている。

いづらくなって、頭《あたま》を下《さ》げる。

「おじゃましました！」

そういって、自分《じぶん》のビーズ道具《どうぐ》をまとめてポシェットにしまうと、一人《ひとり》で咲野花《さやか》のアパートを走《はし》りでた。

……やっちゃったよ。

でも、もう限界《げんかい》！　わたしは全身《ぜんしん》でビーズをいやがっている。

あの二人《ふたり》とは……、きっともう終《お》わりかもしれないけど（涙）。

マンションに帰《かえ》ると、ママはまだ仕事《しごと》からもどっていなくて、リビングはひっそりとしていた。

窓《まど》から見《み》える夕方《ゆうがた》の春《はる》の海《うみ》は、オレンジ色《いろ》に輝《かがや》いて、のたりのたりと波打《なみう》っていた。

海《うみ》を向《む》いた黒《くろ》いソファーに座《すわ》り、近寄《ちかよ》ってきたミィミィをだきあげる。

思《おも》わず、涙《なみだ》がぽろりとこぼれた。

「どーして、わたしはいつも、一人《ひとり》になっちゃうんでしょうね。がんばってみたんだけど、続《つづ》かないんだなあ。やっぱり美人《びじん》は孤独《こどく》なのかなあ」

すると、ミィミィは、わたしの顔《かお》をじっと見《み》てから、ニャアと鳴《な》いた。

《だいじょうぶよ桃子《ももこ》ちゃん。わたしがついてるわよ》

「ありがと……」

ミィミィは、ほんわかと温《あたた》かい。そのぬくもりが、身《み》にしみた。

ミィミィだけは、わたしのこと、わかってくれるよね……。

次《つぎ》の日《ひ》の朝《あさ》、一応《いちおう》、咲野花《さやか》のところにいって、「昨日《きのう》はごめんね……」とあやまった。

咲野花《さやか》は、「ううん……、別《べつ》にいいよ」っていってくれた。だけど、七海《ななみ》はまだ何《なに》かひっかかっているのか、怒《おこ》った顔《かお》をして、わたしに話《はな》しかけてこない。

きっとわたしのこと、わがままだと思《おも》ってるんだろう。そんな感《かん》じが伝《つた》わってくる。

いいじゃん、桃子《ももこ》。また一人《ひとり》ぼっちにもどっただけだよ。

でもやっぱり、学校《がっこう》でずっとだれも話《はな》す相手《あいて》がいないと、悲《かな》しくて、さみしくて、自分《じぶん》でも背中《せなか》が小《ちい》さく縮《ちぢ》こまるのがわかった……。

幸《さいわ》いそれからすぐにゴールデンウイークに突入《とつにゅう》。学校《がっこう》は、飛《と》び石連休《いしれんきゅう》。週《しゅう》に六日《むいか》ある塾《じゅく》も、このときばかりは休《やす》みがいっぱいある。

塾《じゅく》の先生《せんせい》たちも、冬《ふゆ》の受験《じゅけん》が終《お》わって一段落《いちだんらく》したこの時期《じき》に、休《やす》みをとるらしい。

祝日《しゅくじつ》の朝《あさ》、ママとおそめの朝食《ちょうしょく》。ほうれん草《そう》の入《はい》ったオムレツに、レタスやトマトのサラダ、オレンジ、トースト、ミルクがたっぷり入《はい》ったカフェオレ。

ママは、コーヒーカップを片手《かたて》に新聞《しんぶん》を広《ひろ》げている。

すると、あらっという顔《かお》でわたしの方《ほう》を見《み》た。

「ねえ！　すごいよ！　桃子《ももこ》と同《おな》じ六年生《ねんせい》の子《こ》の作文《さくぶん》が載《の》ってるよ。大賞《たいしょう》だって！」

「ふーん」

「グリーンタウンの小学校《しょうがっこう》だから、前《まえ》の学校《がっこう》のお友《とも》だちじゃない？」

「ええ？」

わたされた新聞《しんぶん》を見《み》て、オドロキ！　恋《こい》がたきの愛梨《あいり》じゃないの！

ちぇっ。作文《さくぶん》が得意《とくい》だからって、新聞《しんぶん》にまで載《の》ったのか！

とたんに、イライラした気分《きぶん》がもどってくる。

でも、いったい何《なに》を書《か》いたんだろうと、一応《いちおう》読《よ》んでみることにした。

「かけがえのない命《いのち》・作文《さくぶん》コンクール」っていうので、賞《しょう》をとったみたい。

題名《だいめい》は「動物保護《どうぶつほご》について知《し》ったこと」。読《よ》みはじめると、ぐいぐい引《ひ》きこまれた。

ゴミ置《お》き場《ば》に捨《す》てられていた子犬《こいぬ》を拾《ひろ》った話《はなし》や、ここシーサイドタウンで、ネコを増《ふ》やしすぎた人《ひと》の家《いえ》が「ネコ屋敷《やしき》」になり、とうとう飼《か》い主《ぬし》がエサ代《だい》に困《こま》ってコンビニ強盗《ごうとう》をした話《はなし》。ぎゃくたいされているペットのことも書《か》いてある。

もっと動物《どうぶつ》たちにやさしい世《よ》の中《なか》になってほしいと、愛梨《あいり》は熱心《ねっしん》に訴《うった》えていた。

愛梨《あいり》は、しょうらい動物保護《どうぶつほご》の仕事《しごと》をしたくて、ときどき動物保護団体《どうぶつほごだんたい》に手伝《てつだ》いにいってたんだって。これって、初耳《はつみみ》！

「へえ～。愛梨《あいり》がペットを飼《か》ってるっていう話《はなし》は、聞《き》いたことがなかったのに、こんなに動物保護《どうぶつほご》のこと、考《かんが》えていたんだ」

「知《し》ってる子《こ》？」

「うん。海光《かいこう》ゼミナールにも来《き》てて、いつもいっしょにグループ学習《がくしゅう》してる子《こ》だよ」

ママは、感心《かんしん》している。

「ふーん、そうだったの！　すごい文章力《ぶんしょうりょく》よねえ。まるで大人《おとな》が書《か》いたみたいにしっかりして……」

……って、ママまで愛梨《あいり》をほめる気《き》かあ。

でも、わたしが読《よ》んでもさすがだと思《おも》った。くやしいけど、さすがの文章力《ぶんしょうりょく》！

ゴールデンウイーク明《あ》け、さっそく塾《じゅく》で愛梨《あいり》に、このことを尋《たず》ねてみた。

「新聞《しんぶん》の作文《さくぶん》読《よ》んだよ。すごいね！　動物保護《どうぶつほご》にあんなに関心《かんしん》持《も》ってたんだ！　でも愛梨《あいり》はペットは飼《か》ってないんでしょ？」

愛梨《あいり》は、動物保護《どうぶつほご》の話《はなし》になると、とたんに目《め》をキラキラさせた。

「そうなの。お父《とう》さんが犬《いぬ》ぎらいで家《いえ》では飼《か》ってないんだけど、捨《す》てられてた子犬《こいぬ》を拾《ひろ》ったことがきっかけで、動物保護団体《どうぶつほごだんたい》にはずいぶんお手伝《てつだ》いしに行《い》ったんだよ。今《いま》は塾《じゅく》がいそがしくて、ほとんど行《い》けなくなったけど」

「マイクの両親《りょうしん》がやってるとこでしょ？　グリーンタウンの山《やま》の中《なか》にある施設《しせつ》だよね？」

「……なんで知《し》ってるの！」

「マイクは、クラスの友《とも》だちだから」

「あ！　そうかあ」

マイクは、シーサイドタウンの小学校《しょうがっこう》のクラスメイトで、お母《かあ》さんがイギリス人《じん》で、モデルみたいなイケメン。両親《りょうしん》が動物保護団体《どうぶつほごだんたい》をボランティアで運営《うんえい》している。

その団体《だんたい》は、捨《す》てられたり、ぎゃくたいされたりした犬《いぬ》やネコを保護《ほご》し、新《あたら》しい里親《さとおや》を探《さが》す活動《かつどう》をしているんだって。

わたしは、ミィミィの話《はなし》をしてみることにした。

「家《うち》のミィミィっていうネコも、交通事故《こうつうじこ》の後《あと》しばらくは、マイクの家《いえ》でケガの手当《てあ》てしてもらってたんだ」

「ホント？　あのすっごく豪華《ごうか》な洋館《ようかん》の家《いえ》でしょ！」

「へえ！　愛梨《あいり》はマイクの家《いえ》にも行《い》ったことがあるんだ！」

ペットの話《はなし》でもりあがっていると、進一郎《しんいちろう》さまもうれしそうに話《はなし》に入《はい》ってきてくれて、超《ちょう》ラッキーだった。

「ぼくも、その動物保護団体《どうぶつほごだんたい》よく知《し》ってるよ！　菜々子《ななこ》のお母《かあ》さんがボランティアしてて……」

菜々子《ななこ》も、前《まえ》の学校《がっこう》の子《こ》だけど、お母《かあ》さんが動物保護団体《どうぶつほごだんたい》で働《はたら》いていたとは、知《し》らなかったな。

それに、去年《きょねん》の夏《なつ》わたしが見《み》つけた、おしりにハート形《がた》の模様《もよう》のあるネコ、コモモも、この動物保護団体《どうぶつほごだんたい》に関係《かんけい》がある。そこに保護《ほご》され、やがて進一郎《しんいちろう》さまの家《いえ》で飼《か》われるようになったんだ。

じつは、その動物保護団体《どうぶつほごだんたい》を中心《ちゅうしん》に、愛梨《あいり》やわたし、進一郎《しんいちろう》さまはみんなつながっていたんだね！

そうこうするうちに、愛梨《あいり》がわたしに聞《き》いてきた。

「今度《こんど》、桃子《ももこ》の家《いえ》のミィミィに会《あ》いにいってもいい？」

「……うん、いいよ！　日曜《にちよう》の塾《じゅく》の帰《かえ》りとかに寄《よ》る？」

「そうする！　家《うち》きびしいから、すぐに帰《かえ》らなきゃならないけど！」

なんだか、思《おも》いがけない展開《てんかい》〜。

愛梨《あいり》は約束《やくそく》どおり、日曜《にちよう》の夕方《ゆうがた》、家《いえ》にやってきた。考《かんが》えてみれば、シーサイドタウンに転校《てんこう》してから、はじめて友《とも》だちが家《いえ》に来《き》た。

マンションのリビングに入《はい》るなり、愛梨《あいり》は、

「すっごーい！　広《ひろ》ーい！　海《うみ》がこんなに近《ちか》く見下《みお》ろせるんだ！」

ってておどろいてた。

ノーメイクのママが、「いらっしゃい」と、ちょっとだけ顔《かお》を出《だ》して挨拶《あいさつ》したら、後《あと》で、

「生《う》まれてはじめて本物《ほんもの》のモデルに会《あ》った！　顔《かお》が小《ちい》さいね〜！」

と感動《かんどう》してたよ。

そして、ミィミィとご対面《たいめん》。

ニャア！

《はじめまして》

ミィミィは、前足《まえあし》をそろえ、きちんと鳴《な》いてご挨拶《あいさつ》した。

「かわいいネコねえ。だっこしてもいい？」

「もちろん！」

愛梨《あいり》が、うれしそうに顔《かお》をほころばせ、ミィミィをだきあげる。

「いい子《こ》でしゅね。かわいいねえ」

すっかりミィミィを気《き》にいったらしい。

海《うみ》を向《む》いた黒《くろ》いソファーに座《すわ》って、ミィミィを間《あいだ》にはさみ、二人《ふたり》で話《はな》した。

なんでも、愛梨《あいり》がかわいがっていた動物保護団体《どうぶつほごだんたい》の犬《いぬ》が、元《もと》の飼《か》い主《ぬし》のぎゃくたいが原因《げんいん》で、体調《たいちょう》をくずし、四月《がつ》に死《し》んでしまったらしい。

最期《さいご》はマイクの家《いえ》で看病《かんびょう》されていて、それでマイクの家《いえ》にも行《い》ったことがあったんだ。

「チャッピーっていうシーズーで、かわいい犬《いぬ》だったの……。わたしのこと、とってもしたってくれたのに、勉強《べんきょう》がいそがしくなって、なかなか会《あ》いにいけなくて……。最期《さいご》、わたしがマイクの家《いえ》にかけつけたら、クーンって鳴《な》いてくれたんだ」

愛梨《あいり》は思《おも》い出《だ》したのか、涙《なみだ》ぐんでいる。話《はなし》を聞《き》いて、わたしも思《おも》わずほろりとした。

もし、ミィミィが死《し》ぬときが来《き》たら、そんな気持《きも》ちになるんじゃないかと想像《そうぞう》した。

「ペットって、ホントに心《こころ》が純粋《じゅんすい》で、かわいいよね……」

「うん……！」

愛梨《あいり》に聞《き》いてみた。

「しょうらいは、動物保護《どうぶつほご》の仕事《しごと》をやりたいの？」

「そう！」

力強《ちからづよ》い返事《へんじ》だった。

「弱《よわ》い立場《たちば》にあるペットたちの役《やく》に立《た》ちたいなって、思《おも》ってる。だけど、チャッピーが死《し》んだとき、獣医《じゅうい》さんになるのもいいかもしれないって、思《おも》いはじめた。病気《びょうき》やケガをしたペットの命《いのち》を救《すく》えたらいいなって……」

「えらいなあ！　もう、そんなこと考《かんが》えているんだ」

「桃子《ももこ》は？　大人《おとな》になったら、何《なに》になりたいの？」

「……まだはっきりわからないけれど、ママみたいなモデルになってもいいかなって」

ぼんやり思《おも》っていたことだったけど、愛梨《あいり》と話《はな》していて、すごく現実的《げんじつてき》に思《おも》えてきた。

ママの事務所《じむしょ》の社長《しゃちょう》さんにも、「モデルやらない？」って声《こえ》かけられてたし。

愛梨《あいり》は、両手《りょうて》をたたいて応援《おうえん》してくれた。

「桃子《もも こ》なら、かわいいから、すぐになれそう！」

「そう？　受験《じゅけん》が終《お》わったら、考《かんが》えてみようと思《おも》ってるんだ！」

なんか、とても話《はなし》が合《あ》っちゃった。ぜんぜんちがう二人《ふたり》なのにね。

これも間《あいだ》に座《すわ》ってるミィミィのおかげ？

そして、わたしは今《いま》がチャンスと思《おも》って、ちょっと念《ねん》を押《お》してみた。

「……わたしね、進一郎《しんいちろう》くんが好《す》きなんだ。海光学園《かいこうがくえん》を目《め》ざしたのも、彼《かれ》が行《い》くって知《し》ったから」

愛梨《あいり》は、キャハハハッとのけぞって笑《わら》う。

「わかってるよ！　目《め》の前《まえ》でチョコわたしたの見《み》たんだもん。応援《おうえん》してる！」

「マジ？　やっぱバレてた？　愛梨《あいり》は、だれか好《す》きな男子《こ》はいないの？」

「いないなあ。少《すく》なくとも進一郎《しんいちろう》は、そういう対象《たいしょう》じゃないから、安心《あんしん》して」

「よかったあ。……ほっとした」

「やだ、気《き》にしてたの？」

「うん、なかよさそうだし。小学校《しょうがっこう》も同《おな》じだし……」

愛梨《あいり》は、またキャハハと笑《わら》いとばしてくれた。

そこで、わたしは気《き》になってたことを相談《そうだん》してみた。

「でもさ、進一郎《しんいちろう》くんは、お返《かえ》しくれなかったんだよ。これって、脈《みゃく》がないってことかなあ……」

すると、愛梨《あいり》は、大《おお》きく首《くび》をふった。

「男子《だんし》って、まだそこまで気《き》が回《まわ》らなかったりするんだよ。まあ、中《なか》には律儀《りちぎ》にクッキーとかを返《かえ》す男子《こ》もいるみたいだけど。あんまりそれは、気《き》にすることないと思《おも》うよ」

「そっかー！」

いってもらって、ちょっとほっとした。愛梨《あいり》は、わたしの目《め》を見《み》てこういった。

「だから、みんないっしょに海光学園《かいこうがくえん》行《い》こうね！　勉強《べんきょう》、がんばろう！」

「うん！」

愛梨《あいり》は、三十分《ぷん》くらい話《はな》して、帰《かえ》っていく。なにしろ、シーサイドタウンから、電車《でんしゃ》を乗《の》りついで、グリーンタウンまでもどるんだから、大変《たいへん》だ。

わたしは、マンションの前《まえ》まで見送《みおく》りながら、とっても幸《しあわ》せな気分《きぶん》だった。

いっしょに海光学園《かいこうがくえん》に行《い》けたら、きっと愛梨《あいり》とは親友《しんゆう》になれる。そんなたしかな予感《よかん》がしたから……。

考《かんが》えてみれば、わたしはいつも、ネコに間《あいだ》に入《はい》ってもらって、物事《ものごと》がいい方向《ほうこう》に進《すす》んできた。

進一郎《しんいちろう》さまと、このシーサイドタウンの塾《じゅく》の前《まえ》で再会《さいかい》したときも、ネコのコモモが、案内《あんない》してくれたような感《かん》じだった。

今《いま》は、ミィミィが、愛梨《あいり》との仲《なか》をとりもってくれた。

「困《こま》ったときの、ネコだのみ、か……」

そうつぶやいてみて、思《おも》い出《だ》した。たしか、七海《ななみ》の家《いえ》にも、ネコがいたはず？

ちょっと七海《ななみ》とも、「ネコ話《ばなし》」してみようか？

次《つぎ》の日《ひ》学校《がっこう》で、タイミングを見計《みはか》らって、七海《ななみ》と咲野花《さやか》が話《はな》しているところに、入《はい》っていった。

「あの……。ずっと、ちゃんとあやまろうと思《おも》ってたんだけど、この前《まえ》はビーズ投《な》げだしちゃってごめんね」

すると、咲野花《さやか》は、ぜんぜん気《き》にしてないみたいで、こういってくれた。

「ううん。こっちこそ、無理《むり》につきあわせちゃって、ごめんね……」

二人《ふたり》に聞《き》いてみた。

「あれから、また何《なに》か作《つく》ってるの？」

すると、七海《ななみ》が、首《くび》をふる。

「じつはあたしも、やめちゃったんだ。ホントは、ビーズ作《つく》るのちょっとめんどくさかった。もともとあたし、不器用《ぶきよう》だし。桃子《ももこ》がやめるっていったときは、何《なに》いいだすんだって思《おも》ったけど、けっきょくあれから一度《ど》も、ビーズやってない」

……なーんだ！

「じゃ、なんで七海《ななみ》は、いやだっていわなかったの？」

「……だって、かわいいビーズ編《あ》みができるようになったらいいなって、少《すこ》しは思《おも》ったから。やっぱり、あたしには無理《むり》だったけどね！」

七海《ななみ》のこういうサバサバした性格《せいかく》、きらいじゃないな。

わたしが、ビーズを投《な》げだしたことを気《き》にしなかった咲野花《さやか》も、いい子《こ》だよね。

なごやかな雰囲気《ふんいき》になったので、ここぞとばかり「ネコ話《ばなし》」を持《も》ちだす。

「ねえねえ。七海《なみ》の家《いえ》で、ネコ飼《か》ってるんでしょ。いつか会《あ》いにいってもいい？」

七海《なみ》が、にかっと笑《わら》った。

「いいよ！　チャチャっていう、めっちゃ美人《びじん》のネコなんだ。桃子《ももこ》んちのミィミィにも負《ま》けないよ！」

そうか。交通事故《こうつうじこ》で倒《たお》れていたミィミィを、七海《なみ》は、マイクや咲野花《さやか》といっしょに動物《どうぶつ》病院《びょういん》に連《つ》れていってくれたんだった。だから、ミィミィのことも知《し》ってるんだね。


こうして、今度《こんど》は、七海《なみ》の家《いえ》に集《あつ》まる。

チャチャはおしゃまなネコ。七海《なみ》の弟《おとうと》の赤《あか》ちゃんの相手《あいて》までするらしい。

「へえ、お姉《ねえ》さんぽいネコなんかいるんだ！」

チャチャをかこみ、咲野花《さやか》と三人《にん》、またまたネコ話《ばなし》で、もりあがりましたよ。

するとそのとき、咲野花《さやか》はこんなことをいいだした。

「知《し》ってる？　近所《きんじょ》で子《こ》ネコが生《う》まれたの！　見《み》にいこうか！」

「行《い》く行《い》く！　連《つ》れてって！」

三人《にん》で外《そと》に出《で》た。

七海《ななみ》や咲野花《さやか》の家《いえ》から石段《いしだん》をずっと上《あ》がったところに、昔神社《むかしじんじゃ》があった場所《ばしょ》がある。

今《いま》は、鳥居《とりい》の台座《だいざ》の石《いし》が残《のこ》っているだけで、まわりは雑草《ざっそう》だらけ。黄色《きいろ》や白《しろ》の小《ちい》さな花《はな》が、ぽつぽつ咲《さ》いている。

でも、そのすみっこに、だれかが提供《ていきょう》したらしい段《だん》ボール箱《ばこ》があって、茶色《ちゃいろ》い母《はは》ネコが六匹《ぴき》の白《しろ》や茶《ちゃ》の赤《あか》ちゃんネコにおっぱいをあげていた。

小《ちい》さな赤《あか》ちゃんネコたちは、もぞもぞ動《うご》きながら、ミィミィミィミィ鳴《な》いて、かわいいこと！

しかも、その親子《おやこ》だけじゃない。少《すこ》しはなれた場所《ばしょ》に置《お》かれた段《だん》ボール箱《ばこ》には、もう一《ひと》組《くみ》の親子《おやこ》が……。

ほかにも、黒《くろ》や白《しろ》、茶色《ちゃいろ》の大人《おとな》のネコたちが、あたりをぞろぞろ歩《ある》いている。

三人《にん》で、並《なら》んでしゃがみ、子《こ》ネコたちをながめる。

だきあげようとすると、母《はは》ネコが怒《おこ》るから、そっと見《み》てるだけ。

「かわいいね！　かわいいね！」

……あれ？　いつの間《ま》にか、わたし、すっかりリラックスしていた。

今《いま》の自分《じぶん》、ぜんぜん無理《むり》してないのに、なんかハッピー。

そうかあ。ほんとうの自分《じぶん》をかくして、友《とも》だちなんか作《つく》ろうとしなくても、よかったんだ。

あせらなくても自分《じぶん》らしくしていれば、きっと話《はなし》があう相手《あいて》がいつか見《み》つかるんだね！

困《こま》ったときのネコだのみ。

これからも、ネコ話《ばなし》でもりあがろうっと！

ノラネコたちを助《たす》けてあげて！

「町会《ちょうかい》の組長《くみちょう》なんか、引《ひ》きうけるんじゃなかった……。まったく!」

お父《とう》さんが、夕食《ゆうしょく》の後《あと》、ダイニングでお母《かあ》さんと話《はな》しこみながら、ドンとテーブルをたたいた。

わたしと中学生《ちゅうがくせい》のお兄《にい》ちゃんは、不機嫌《ふきげん》そうなお父《とう》さんの声《こえ》に、部屋《へや》のすみで見《み》ていたテレビの音量《おんりょう》を、思《おも》わず小《ちい》さくする。

わたし咲野花《さやか》。七海《ななみ》や和樹《かずき》とは幼《おさな》なじみ。趣味《しゅみ》は、ビーズ編《あ》みや、ピアノ。トレードマークは、二本《ほん》の三《み》つ編《あ》み。

七海《ななみ》にビーズを教《おし》えたとき、続《つづ》かないだろうなって思《おも》ったけど、やっぱり当《あ》たった(笑)。

桃子《ももこ》が最初《さいしょ》に投《な》げだしたのは、ちょっと意外《いがい》だったけどね。

これからはわたしが何《なに》か作《つく》って、誕生日《たんじょうび》とかに、二人《ふたり》にプレゼントしてあげるつもり。

みんな、それぞれ自分《じぶん》の好《す》きなことを、趣味《しゅみ》にすればいいんだから。

ところで、お父《とう》さんが何《なん》で不機嫌《ふきげん》なのかというと、神社《じんじゃ》の跡地《あとち》にいるネコたちが原因《げんいん》。

ネコの赤《あか》ちゃんがたくさん生《う》まれた五月《がつ》に入《はい》ってから、クレームがいっぱい家《うち》に来《き》はじめた。お父《とう》さんが四月《がつ》から、町会《ちょうかい》の組長《くみちょう》になったからだ。

「ネコの鳴《な》き声《ごえ》がうるさい！　特《とく》に春先《はるさき》はすごくて、夜眠《よるねむ》れなかった！」

「ネコが庭《にわ》にやってきてフンをするから困《こま》る！」

「エサをやっている人《ひと》がいるから、増《ふ》えるんです！　組長《くみちょう》さんからいって、やめさせてください！」

「いっそ、ネコたちを保健所《ほけんじょ》に持《も》ちこんで処分《しょぶん》してほしい！」

町会《ちょうかい》の組長《くみちょう》っていうのは、十数軒《すうけん》の家《いえ》をとりまとめて、ふだんは回覧板《かいらんばん》を回《まわ》すくらいの仕事《しごと》しかない。

ところが運悪《うんわる》く、ちょうどあの神社《じんじゃ》が、受《う》けもちの地域《ちいき》に入《はい》ってしまっている。しかもその土地《とち》の持《も》ち主《ぬし》は不明《ふめい》で、連絡《れんらく》がとれないらしい。

お父《とう》さんは、海沿《うみぞ》いの製紙工場《せいしこうじょう》で働《はたら》いていて、夜勤《やきん》もあり、昼間《ひるま》でも家《いえ》にいたり、土日《どにち》でも工場《こうじょう》に行《い》ったりしている。

ふだんは近所《きんじょ》の人《ひと》に挨拶《あいさつ》もしない、むすっとしたおじさん。

クレームの電話《でんわ》が来《き》ても、「はあ」とか「そうですか」とか、あいまいに答《こた》えるだけで、すぐ電話《でんわ》を切《き》っちゃう。

相手《あいて》の人《ひと》たちもよけい怒《おこ》っちゃって、お父《とう》さんがいない時間《じかん》をねらって、家《いえ》にいるお母《かあ》さんに、苦情《くじょう》をいってくるようになった。

わたしも、お母《かあ》さんが玄関《げんかん》で頭《あたま》を下《さ》げているのを、何度《なんど》も見《み》た。

お母《かあ》さんは今《いま》も、お父《とう》さんの相手《あいて》をしながら、暗《くら》い顔《かお》になっている。

「困《こま》ったことになったわねえ。もともとネコ屋敷《やしき》から来《き》たネコなのに、いい迷惑《めいわく》よね」

そうなんだよね。岬《みさき》の森《もり》の中《なか》の家《いえ》で、男《おとこ》の人《ひと》がネコを百匹《ぴき》以上《いじょう》も飼《か》っていたのに、ちゃんと世話《せわ》をしなかった。お腹《なか》をすかせたネコたちが、その家《いえ》からにげだし、あちこちをうろつくようになったんだ。

七海《ななみ》の家《いえ》のチャチャや、和樹《かずき》の家《いえ》のクッキー、桃子《ももこ》の家《いえ》のミィミィもたぶんそのネコ。エサ代《だい》に困《こま》った飼《か》い主《ぬし》がコンビニ強盗《ごうとう》で逮捕《たいほ》された後《あと》、屋敷《やしき》に残《のこ》ったネコたちは、マイクの両親《りょうしん》がやっている動物保護団体《どうぶつほごだんたい》に、まとめて引《ひ》きとられたんだけど……。

そうだ！　お父《とう》さんに、その動物保護団体《どうぶつほごだんたい》のこと、教《おし》えてあげようかな……。

でも、なかなかいいだしにくい。怒《おこ》りっぽいから、また何《なに》か地雷《じらい》をふんじゃったら、やだし……。でも、そんなに悩《なや》んでるんなら……。

「ねえねえ、お父《とう》さん……」

思いきって、立《た》っていって話《はな》しかけると、お父《とう》さんは、ぎろっとこっちを見《み》た。

でも、アドバイスするなら、早《はや》いほうがきっといい！

「いいアイディアがあるよ！　動物保護団体《どうぶつほごだんたい》に連絡《れんらく》すればいいんじゃない？　引《ひ》きとってくれるかも！」

お父《とう》さんは、わたしが説明《せつめい》すると、身《み》を乗《の》りだして、「へえ、そんな団体《だんたい》があるのか」と、うなずいた。お母《かあ》さんも、「それはいい方法《ほうほう》ね」と笑顔《えがお》になっている。

……ところが。これが、火《ひ》に油《あぶら》を注《そそ》いじゃったんだ。

次《つぎ》の日《ひ》、お父《とう》さんがその団体《だんたい》に連絡《れんらく》してみたら、

「申《もう》し訳《わけ》ありませんが、今《いま》はもう、ネコ舎《しゃ》がいっぱいで、よほど緊急《きんきゅう》を要《よう》する場合《ばあい》でないと、引《ひ》きとれません」

って断《ことわ》られちゃったんだって！　そばで聞《き》いていたお母《かあ》さんによると、お父《とう》さんは、

「いったい何《なん》のための動物保護団体《どうぶつほごだんたい》だ！　役立《やくた》たずが！」

って大声《おおごえ》でどなって、電話《でんわ》をとちゅうでガチャンとたたきっちゃったとか。

……ヤバイ（汗）。お父《とう》さんは、わたしにまで八《や》つ当《あ》たり。

「同級生《どうきゅうせい》の親《おや》がやっているっていうから、信用《しんよう》して電話《でんわ》したのに！」

「……ごめんなさーい！」

うわーん。どうしてわたしまで、怒《おこ》られなくちゃならないのぉ？


学校《がっこう》で、このことをマイクに話《はな》したら、あやまられちゃった。

「ごめんね。なにしろ、ネコ屋敷《やしき》から来《き》たネコのもらい手《て》が、まだほとんど決《き》まってなくて、施設《しせつ》はずっと満杯状態《まんぱいじょうたい》なんだよ……。一部《ぶ》のネコは、イギリスに送《おく》って里親《さとおや》が決《き》まったけど、寄付金《きふきん》がもっと集《あつ》まらないと、また輸送《ゆそう》するお金《かね》もないし……」

「そうかあ……。でも、家《うち》のお父《とう》さん気《き》が短《みじか》いから、怒《おこ》っちゃって……」

そう話《はな》したら、ふだん落《お》ちついているマイクも、めずらしくイラッとしたみたいで、鼻白《はなじら》んでいる。

「わかってほしいんだけど、施設《しせつ》でも、収容《しゅうよう》できる頭数《とうすう》に限《かぎ》りがあるんだ。こういう問《と》いあわせは、しょっちゅう来《き》て、どなられたりするのには、団体《だんたい》でも慣《な》れっこなんだけど」

「ごめん……。マイクたちを責《せ》めてるわけじゃないんだよ……！」

もぉ！　どうしてこんなことになっちゃったの！

七海《ななみ》も知《し》ってるけど、わたしは前《まえ》からマイクのファン。

マイクは、お父《とう》さんが日本人《にほんじん》で、お母《かあ》さんはイギリス人《じん》。とってもハンサム！

黒《くろ》みがかった茶色《ちゃいろ》い髪《かみ》。前髪《まえがみ》の間《あいだ》から見《み》える、澄《す》んだ茶色《ちゃいろ》い目《め》が、とっても理知的《りちてき》。

ひきしまった口元《くちもと》。性格《せいかく》もおだやかで、なんでもよく気《き》がつく男子《こ》だし……。

話《はな》していたら、七海《ななみ》もやってきた。

「でもさあ、もともと、悪《わる》いのはネコ屋敷《やしき》の飼《か》い主《ぬし》じゃん！　どうして咲野花《さやか》のお父《とう》さんや、動物保護団体《どうぶつほごだんたい》の人《ひと》が、苦労《くろう》しなきゃいけないんだろうね！」

そうそう、そうだってば！　近《ちか》くにいた桃子《ももこ》も、うなずいている。

「ネコをちゃんと飼《か》わないで世話《せわ》を投《な》げだす人《ひと》がいるから、いけないんだよ！　ホントに信《しん》じられないよね！」

その日《ひ》の夕方《ゆうがた》、桃子《ももこ》は塾《じゅく》があったから、七海《ななみ》と二人《ふたり》、神社《じんじゃ》の跡地《あとち》に行《い》ってみることにした。子《こ》ネコたちが、どのくらい大《おお》きくなったか、見《み》てみたかったんだ。

季《き》節《せつ》は夏《なつ》に近《ちか》づいて、雑《ざっ》草《そう》がさらに伸《の》びている。家《いえ》並《な》みの間《あいだ》に見《み》える青《あお》い海《うみ》は、静《しず》かに波《なみ》打《う》っている。

……すると。草《くさ》むらにしゃがんでいたのは、……マイク！

じっとネコたちを見《み》つめている。

ミャアミャアミャア……。

二《ひき》匹の母《はは》ネコから生《う》まれた赤《あか》ちゃんネコたちは、前《まえ》よりずっと大《おお》きくなっていた。

《お腹《なか》すいたよぉ！》

「よしよし、お腹《なか》がすいてるのかい。いい子《こ》だね」

マイクは、子《こ》ネコたちの体《からだ》のようすなんかも、チェックしているみたい。

でも母《はは》ネコは、すごい勢《いきお》いで怒《おこ》って、マイクを追《お》いはらおうと、前《まえ》足《あし》でひっかいたり、うなったり……。

七《なな》海《み》が、「ヤッホー！　マイク！」と声《こえ》をかけると、マイクはふりかえり、立《た》ちあがった。

「……なんだ。咲野花《さやか》たちか。このネコたちだね？　苦情《くじょう》が出《で》てるのは」

「そうなんだよ！」

「たしかに、ずいぶん増《ふ》えちゃったんだね。ほかにも、大人《おとな》のネコがいるし、これはなんとかしないと、そのうち大変《たいへん》なことになるな……。数百匹《すうひき》に増《ふ》えるかも！」

「す、数百匹《すうひき》ぃ！」

わたしと七海《ななみ》は、飛《と》びあがっておどろいた。マイクは、草《くさ》むらを見《み》わたしながらいった。

「ネコはすぐ大人《おとな》になるから、母《はは》ネコが一回《いっかい》に六匹《ぴき》の子《こ》ネコを産《う》み、子《こ》ネコがまた半年後《はんとしご》には子《こ》ネコを産《う》む、と考《かんが》えていくと、一年《ねん》で何十匹《なんぴき》、数年《すうねん》で何百匹《なんぴき》に増《ふ》えちゃうんだ！」

「ひえええぇ……！」

七海《ななみ》が、おどろいてさけんでいる。マイクは、腕《うで》ぐみをしていった。

「よく、ねずみ算式《ざんしき》に増《ふ》えるっていうけど、ネコだって同《おな》じなんだ。だから、ネコ屋敷《やしき》でもあんなに増《ふ》えて、ネコがあふれだしちゃったんだ」

「そうなんだあ……」

町内《ちょうない》に、ネコがうじゃうじゃいるようすを想像《そうぞう》して、ますます暗《くら》い気持《きも》ちになる。ネコはかわいいけど、そんなに増《ふ》えたら、やっぱりみんな困《こま》る。ますますお父《とう》さんに苦情《くじょう》が来《く》る。

七海《ななみ》は、自分《じぶん》の家《いえ》でネコを引《ひ》きとれないことを、残念《ざんねん》がっていた。

「親《おや》にたのんでみたけれど、家《うち》は、チャチャとロビンがいるから、とてもこれ以上《いじょう》は飼《か》えないんだって……」

もちろん、我《わ》が家《や》のアパートはペット禁止《きんし》で、とても受《う》けいれることはできない。

目《め》の前《まえ》の子《こ》ネコたちは、心細《こころぼそ》そうに鳴《な》いている。

ミャアミャアミャア……！

《あたちたちをどうするつもり？　お母《かあ》さんと、はなればなれにさせないでね……！》

気《き》の毒《どく》なネコたち……。いったいこれから、どうなっちゃうんだろう？

保健所《ほけんじょ》に、連《つ》れていくしかないのかな……。でも、うちの市《し》の保健所《ほけんじょ》では、里親《さとおや》が見《み》つからないと、殺処分《さつしょぶん》されちゃうこともあるって聞《き》いたことがあるし……。

わたしは、心《こころ》からマイクにたのんだ。

「お願《ねが》いマイク！　施設《しせつ》で受《う》けいれられないとしても、いったいどうしたらいいか、動物《どうぶつ》保護《ほご》にくわしいお父《とう》さんやお母《かあ》さんに聞《き》いてもらえないかな？　数百匹《すうひゃっぴき》になんか増《ふ》えたら、それこそもう手《て》おくれだよ……！」

マイクは、しばらく下《した》を向《む》いて考《かんが》えていたけれど、やがてうなずいてくれた。

「……わかった。子《こ》ネコたちは、栄養《えいよう》が足《た》りてないみたいだし、何《なに》かいい方法《ほうほう》がないか、アドバイスするよう、家《いえ》に帰《かえ》ったら伝《つた》えておくよ！」

よかった！　やっぱりマイクはしっかりしていて、たのもしい！

あのネコたちにも、なんとか幸《しあわ》せになってほしい……！


次《つぎ》の日《ひ》の夕方《ゆうがた》、思《おも》いがけないお客《きゃく》さんが、アパートを訪《たず》ねてきた。

チャイムが鳴《な》ったので、学校《がっこう》から帰《かえ》ったばかりのわたしが、玄関《げんかん》のドアを開《あ》けたら、びっくり！

「動物保護団体《どうぶつほごだんたい》の者《もの》ですが、昨日《きのう》、お問《と》いあわせをいただいた件《けん》で……」

マイクのお母《かあ》さんだ！　ブロンドの髪《かみ》が上品《じょうひん》。

その日《ひ》は、お父《とう》さんも非番《ひばん》で家《いえ》にいた。この前《まえ》の動物保護団体《どうぶつほごだんたい》だとわかると、くってかかっている。

「なんだよ！　ネコは引《ひ》きとれないっていったくせに……！」

それを、お母《かあ》さんが押《お》しとどめた。

「咲《さ》野《や》花《か》の同級生《どうきゅうせい》のお母《かあ》さんですよ。失礼《しつれい》なことをいってすみません。せまいところですが、どうぞお上《あ》がりください」

こうして、わたしの両親《りょうしん》とマイクのお母《かあ》さんが、ダイニングテーブルで向《む》かいあった。

わたしは部屋《へや》のすみのミシンの椅子《いす》に座《すわ》って、そのようすを見《み》ていた。

マイクのお母《かあ》さんが話《はなし》の口火《くちび》を切《き》る。

「申《もう》し訳《わけ》ありませんが、施設《しせつ》は今《いま》、ネコ屋敷《やしき》から来《き》たネコでいっぱいで、どうしても神社《じんじゃ》の跡地《あとち》のネコたちまで引《ひ》きとることはできません。ですが……」

マイクのお母《かあ》さんが、提案《ていあん》したのは、こういうことだった。

「ほんとうは、ネコは、だれか飼《か》い主《ぬし》の元《もと》で、室内《しつない》で飼《か》われるのが一番《いちばん》いいんです。しかし増《ふ》えすぎたノラネコの場合《ばあい》は、そうもいきません。このような『地域《ちいき》ネコ』に対《たい》して、わたしどもの団体《だんたい》では、TNR《ティーエヌアール》をお勧《すす》めしています」

お父《とう》さんは、慣《な》れない英語《えいご》にとまどっていた。

「……TNR《ティーエヌアール》って？」

「T《ティー》はトラップ『罠《わな》』のこと。N《エヌ》は『ニューター』子《こ》どもが生《う》まれないようにする避妊去《ひにんきょ》勢手術《せいしゅじゅつ》のこと。R《アール》はリターンつまり『もどす』ということです。ネコをつかまえて、これ以上子《いじょうこ》どもが生《う》まれないように、手術《しゅじゅつ》をして、元《もと》の場所《ばしょ》にもどすんです。地域《ちいき》で飼《か》われているネコに、よく用《もち》いる方法《ほうほう》です。これをすれば、ネコは一代限《いちだいかぎ》りでいなくなり、増《ふ》えることはありません。発情期《はつじょうき》のとき、とんでもない大《おお》きな声《こえ》で鳴《な》くこともなくなります」

「……なるほど。でも、いったいどうやって？」

「ネコをつかまえる捕獲《ほかく》カゴは、わたしどもの団体《だんたい》からお貸《か》しできます。手術《しゅじゅつ》の費用《ひよう》に対《たい》して、うちの市《し》では補助金《ほじょきん》も出《だ》してくれるんですよ」

「それでも、費用《ひよう》は足《た》りないんじゃ……」

「町内《ちょうない》で募金《ぼきん》をしてもいいかもしれませんね。町会長《ちょうかいちょう》さんに相談《そうだん》してみましょうか？　動《どう》物好《ぶつず》きな方《かた》ですから、きっと理解《りかい》してくださると思《おも》います。しかし、ネコを元《もと》にもどした後《あと》は、エサやりや、トイレの場所《ばしょ》を決《き》めるなど、だれかがボランティアで、きちっと世話《せわ》をすることが条件《じょうけん》です」

「ボランティアぁ？　やってくれる人《ひと》、いるかなあ」

お父《とう》さんは、話《はなし》を聞《き》いて、最初《さいしょ》は、めんどくさそうな顔《かお》をしてたけれど、マイクのお母《かあ》さんのこの一言《ひとこと》を聞《き》いて、ちょっと心《こころ》が動《うご》いたみたい。

「わたしもさっき、そのネコたちのようすを見《み》てきました。大《おお》きく育《そだ》ってしまったノラネコは、保護《ほご》しても人《ひと》になれていないので、ひっかいたり、かみついたり、あばれたりすることがあります。こういう場合《ばあい》、保健所《ほけんじょ》に持《も》ちこまれても、もらい手《て》が見《み》つからず、やむをえず殺処分《さつしょぶん》されてしまうことが多《おお》いんです……」

話《はなし》を聞《き》いてゾッとした。あのやさしそうなお母《かあ》さんネコが？

そんなことになったら、わたしまで、一生後悔《いっしょうこうかい》しそう……。

お父《とう》さんも、顔《かお》をしかめている。

「殺処分《さつしょぶん》？　そうかあ。飼《か》いにくいネコなんか、だれも引《ひ》きうけませんもんね」

わたしは、たまらなくなって立《た》ちあがり、お父《とう》さんに向《む》けてどなるようにいった。

「ねえ、お父《とう》さん！　助《たす》けてあげて！　それじゃあんまりかわいそうだよ！　殺《ころ》されちゃうかもしれない！」

すると、お父《とう》さんは、やっとうなずいたんだ。

「うーん。ネコが殺《ころ》されたりするのは、さすがのオレも、いやだなあ……」

お父《とう》さんは、説得《せっとく》され、とうとう腹《はら》をくくった。

「めんどくさいが、だれかがやらなきゃならないことだ。引《ひ》きうけるとするか……！」


こうして始《はじ》まった町内《ちょうない》ＴＮＲ《ティーエヌアール》プロジェクト！

お父《とう》さんは、ふだん工場《こうじょう》で、課長《かちょう》として働《はたら》いているだけあって、こうと決《き》めたら早《はや》かった。みんなに役割《やくわり》を分担《ぶんたん》し、協力《きょうりょく》してもらう。

マイクのお母《かあ》さんには、町会長《ちょうかいちょう》さんに相談《そうだん》してもらった。すると、すぐに同意《どうい》してくれたらしく、募金《ぼきん》がはじまった。

いつもそのネコたちにエサをやっていた伊藤《いとう》さんちのおばさんには、「地域《ちいき》ネコのめんどうを見《み》るボランティアの、リーダーになってくれませんか」と、たのんでみた。

すると、喜《よろこ》んで引《ひ》きうけてくれたんだって！

「これまでも、ネコたちの栄養《えいよう》が足《た》りていないようなので、こっそりエサをあげていましたが、反対《はんたい》する人《ひと》も多《おお》くて、肩身《かたみ》がせまい思《おも》いをしていました。きちんとルールを決《き》めれば、これからは堂々《どうどう》とネコにエサをあげられますから、ぜひやらせてください！　ほかにボランティアをしてくれる人《ひと》がいないか、声《こえ》をかけてみます」

伊藤《いとう》さんちは、大《おお》きな夏《なつ》みかんの畑《はたけ》を持《も》っている農家《のうか》。七海《ななみ》の家《いえ》といっしょで、古《ふる》くからこの地域《ちいき》に住《す》んでいるから、近所《きんじょ》に顔《かお》がきく。

「わたしがボランティアのリーダーをしますから、ネコたちに手術代《しゅじゅつだい》を！」

組長《くみちょう》のお父《とう》さんといっしょに、家々《いえいえ》を回《まわ》ってお金《かね》も集《あつ》めてくれた。

「ご協力《きょうりょく》お願《ねが》いします。動物保護団体《どうぶつほごだんたい》に相談《そうだん》したら、TNR《ティーエヌアール》をすることになりました」

「……それしか方法《ほうほう》はないってわけですか。募金《ぼきん》くらいなら、協力《きょうりょく》します」

ネコの苦情《くじょう》をいっていた人《ひと》たちも、話《はなし》を聞《き》いて納得《なっとく》してくれたらしい。

募金《ぼきん》は、予想以上《よそういじょう》に集《あつ》まった。ネコのエサ代《だい》にも回《まわ》せそうなんだって！

それから本当《ほんとう》に飼《か》い主《ぬし》がいないか、TNR《ティーエヌアール》をしてもよいか、ネコたちの写真《しゃしん》がのったポスターを、公民館《こうみんかん》や図書館《としょかん》などにはりだして確《たし》かめた。捕獲《ほかく》はそれが済《す》んでからだ。

そしてとうとう、ネコたちの捕獲作戦《ほかくさくせん》スタート！

赤《あか》ちゃんネコに手術《しゅじゅつ》するのは、もう少《すこ》し大《おお》きくなってかららしい。

大人《おとな》のネコを、毎日《まいにち》二匹《ひき》くらいずつ、つかまえる。

大《おお》きな細長《ほそなが》い四角《しかく》いカゴの中《なか》に、ネコの好《す》きな魚《さかな》を入《い》れておいて、ネコが入《はい》ったら、入《いり》口《ぐち》が閉《し》まるしくみ。このやり方《かた》は、動物保護団体《どうぶつほごだんたい》の人《ひと》に教《おし》えてもらった。

いきなりカゴに閉《と》じこめられたノラネコは、あばれたり、ひっかいたりすることもあるから、捕獲《ほかく》カゴに入《い》れたまま、海岸通《かいがんどお》りの動物病院《どうぶつびょういん》に運《はこ》ぶ。

ネコに全身麻酔《ぜんしんますい》をして、手術《しゅじゅつ》する。そのとき同時《どうじ》に、耳《みみ》に小《ちい》さなV《ブイ》の字《じ》の切《き》れ目《め》を入《い》れる。

これは、ネコが避妊去勢手術《ひにんきょせいしゅじゅつ》をしましたよっていうしるし。しるしをつけておかないと、再《ふた》びつかまえられたり、手術《しゅじゅつ》をされちゃったりすることもあるから困《こま》るんだって。

手術《しゅじゅつ》のときは、全身麻酔《ぜんしんますい》をしてるから、痛《いた》くない。

手術《しゅじゅつ》したネコに、ピアスをしたり、首輪《くびわ》をしたりして、見分《みわ》ける方法《ほうほう》もあるけれど、これだととちゅうでとれちゃったりして、あまり役《やく》に立《た》たないらしい。

だから、V《ブイ》の字《じ》を入《い》れる方法《ほうほう》が、今《いま》のところ、一番《いちばん》いいらしいよ。

遠《とお》くからすぐオスかメスかを見分《みわ》けられるよう、オスは右耳《みぎみみ》に、メスは左耳《ひだりみみ》に、V《ブイ》の字《じ》を入《い》れる。

つかまえられて、大《おお》さわぎをした母《はは》ネコも、左耳《ひだりみみ》に無事《ぶじ》V《ブイ》の字《じ》が入《はい》り、子《こ》ネコたちのところに帰《かえ》された。

おまけに、町内《ちょうない》に募金《ぼきん》のお知《し》らせが回《まわ》ったことで、「そんな子《こ》ネコがいるなら、家《うち》で引《ひ》きとりたい」という人《ひと》が数人《すうにん》現《あらわ》れた！

よかった！　それが一番《いちばん》いいよね！

そして、それからも、少《すこ》しずつ赤《あか》ちゃんネコには、もらい手《て》が決《き》まっていったんだ。

お父《とう》さんは、はじめてわたしにお礼《れい》をいってくれた。

「ありがとう咲野花《さやか》。動物保護団体《どうぶつほごだんたい》に相談《そうだん》してよかった……」

わたしも、ほっとしたよ。胸《むね》を張《は》って、お父《とう》さんにいっちゃった。

「でしょでしょ？　さすが専門家《せんもんか》でしょ？」

マイクも、一件落着《いっけんらくちゃく》で喜《よろこ》んでいる。

「TNR《ティーエヌアール》は、イギリスでも、積極的《せっきょくてき》に進《すす》めているいい方法《ほうほう》なんだって。今《いま》の日本《にほん》は、犬《いぬ》やネコの数《かず》が、人間《にんげん》の子《こ》どもより多《おお》くなった。これからは、人《ひと》とペットが、どうやったら幸《しあわ》せに暮《く》らしていけるかを考《かんが》えることが大事《だいじ》なんだ！」

ネコのお世話《せわ》をするボランティアには、七海《ななみ》やわたしも、ときどき参加《さんか》することにした。

「明日《あした》のエサやりは、○○さん、お願《ねが》いします」

ネコをかこんで、町内《ちょうない》の人《ひと》どうしも、ぐっときずなが強《つよ》まったような気《き》が……。

一番《いちばん》よかったのは、今《いま》まで、近所《きんじょ》の人《ひと》と言葉《ことば》も交《か》わさなかったお父《とう》さんが、伊藤《いとう》さんのおばさんを皮切《かわき》りに、町内《ちょうない》の人《ひと》と親《した》しくなり、立《た》ち話《ばなし》までするようになったこと！

ネコのボランティアがきっかけで、組《くみ》の何人《なんにん》かが集《あつ》まり、伊藤《いとう》さんちでバーベキューの懇親会《こんしんかい》をしたときは、お父《とう》さんやお母《かあ》さんも参加《さんか》した。

いい機会《きかい》だと、一人《ひとり》暮《ぐ》らしのお年寄《としよ》りの見守《みまも》りについて話《はな》しあったり、災害《さいがい》のときの避《ひ》難場所《なんばしょ》の確認《かくにん》もしたりしたんだって。

お母《かあ》さんは、笑《わら》っていた。

「ネコは、人《ひと》と人《ひと》を結《むす》びつける、ふしぎな動物《どうぶつ》ね！」

こうして、ネコたちは、今日《きょう》も神社《じんじゃ》の跡地《あとち》で元気《げんき》に暮《く》らしている。

ミャアミャアミャア！

《今《いま》は、毎日《まいにち》食《た》べ物《もの》もたくさんもらえてうれしいニャン！これからも町内《ちょうない》のみなさん、わたしたちネコの町会員《ちょうかいいん》をよろしくね！》

キャット・ギャングにはお手《て》上《あ》げだ！

よかった！　神社《じんじゃ》のネコたちの、世話《せわ》の仕方《しかた》が決《き》まって！

両親《りょうしん》のやっている動物保護団体《どうぶつほごだんたい》が、受《う》けいれを断《ことわ》ったって聞《き》いたときは、正直《しょうじき》ぼくも、やりきれない気持《きも》ちになっていた。

無事解決《ぶじかいけつ》して、ほっと一息《ひといき》！

ところが、それもつかの間《ま》、ぼくマイクは、再《ふたた》び現実《げんじつ》のきびしさに、打《う》ちひしがれることになるのであーる。

蒸《む》し暑《あつ》い日《ひ》が続《つづ》くようになったある日《ひ》、和樹《かずき》が、六年《ねん》一組《くみ》の教室《きょうしつ》で、ぼくの肩《かた》を後《うし》ろからたたき、こういってきたんだ。

「おーいマイク！　悪《わる》いお知《し》らせっ」

「え？　何《なに》？　宿題《しゅくだい》が増《ふ》えるとか？」

「ちがうって……。ネコ屋敷《やしき》に、またネコがうじゃうじゃいるぞ！」

「……なんだって！」

ぼくは、思《おも》わず、大声《おおごえ》を上《あ》げて向《む》きなおった。

和樹《かずき》は、目《め》の上《うえ》に手《て》をかざし、船《ふね》から遠《とお》くをながめるようなしぐさをしている。

「ヨット教室《きょうしつ》のとき、見《み》たんだ。またあの家《いえ》の屋根《やね》に、ネコがたくさんのぼっているのを！」

「マジかよっ！　いったいどうしてなんだろう？　この前《まえ》、あそこにいたネコは全部保護《ぜんぶほご》して、うちの団体《だんたい》で預《あず》かったはずなのに？　それ、まちがいないのか？」

「一回《いっかい》だけじゃなく、何回《なんかい》か見《み》かけたんだ、それに何《なに》しろ、ぼくは視力《しりょく》二・〇だからね。これは、マイクに教《おし》えなくちゃと思《おも》ってさ……」

「……そうかあ。でもいったい、なぜだ？」

ぼくが、腕《うで》ぐみをして背《せ》をまるめ、考《かんが》えこんでいると、和樹《かずき》はこう提案《ていあん》してきた。

「百聞《ひゃくぶん》は一見《いっけん》にしかず、だ。とにかく、いっしょにネコ屋敷《やしき》のようすを見《み》にいってみない？」

「オーケイ！　そうしよう！」

ぼくと和樹《かずき》は、家《いえ》にランドセルを置《お》くと、学校《がっこう》の前《まえ》にまた集合《しゅうごう》して岬《みさき》に向《む》かった。

学校《がっこう》は岬《みさき》の付《つ》け根《ね》の部分《ぶぶん》にあり、岬《みさき》はそこから海《うみ》に向《む》かって細《ほそ》くのびている。

先端《せんたん》には灯台《とうだい》があるけれど、とちゅうは、木《き》がおいしげった森《もり》で、薄暗《うすぐら》い遊歩道《ゆうほどう》が一本《いっぽん》通《とお》っているだけ。

前《まえ》ここに来《き》たのは、ネコ屋敷《やしき》を探《さぐ》りにきた冬《ふゆ》だった。初夏《しょか》の今《いま》は、緑《みどり》のにおいがむっとたちこめていて、遊歩道《ゆうほどう》の脇《わき》には、雑草《ざっそう》の小《ちい》さな花《はな》が咲《さ》いている。

「あっちだったよな、和樹《かずき》？　和樹《かずき》は方向感覚《ほうこうかんかく》いいんだろ？」

「でも、マイクも方向音痴《ほうこうおんち》じゃないはず。まーいくよ、……なんちゃって」

「……ざぶとん一枚《まい》！」

二人《ふたり》でおちゃらけながら、進《すす》んでいく。

……すると。

ニャーゴ！　ニャーゴ！　ニャーゴ！

《おい、人間《にんげん》が来《き》たぞ！》《ボスに知《し》らせろ！》《アジトを守《まも》れ！》

ネコの鳴《な》き声《ごえ》がしたかと思《おも》うと、数匹《すうひき》の大柄《おおがら》なネコが、タタタタッと、こっちに走《はし》ってきた。とちゅうで立《た》ちどまり、ぎろりとにらんでいる。

黒《くろ》、茶《ちゃ》トラ、キジトラ。中《なか》には、首輪《くびわ》をしているネコもいた。

「やっぱりネコが、……それもこんなにたくさん！」

ネコ屋敷《やしき》に着《つ》くと、和樹《かずき》のいったとおり、ネコたちが、屋根《やね》の上《うえ》や、近《ちか》くの木《き》に上《のぼ》っている。家《いえ》の窓《まど》ガラスが割《わ》れているから、ネコは自由《じゆう》に出入《でい》りしていた。

ぼくは、ネコたちに近《ちか》づいていって、話《はな》しかけてみた。

「いったいどこから来《き》たの？」

ニャーゴ！　ニャーゴ！　ニャーゴ！

《捨《す》てられちまったんだよ》《ずっとひどい目《め》にあってきた》《人間《にんげん》なんか信用《しんよう》できねえ》

そのようすから、すぐにわかった。

「だれかがまた、ネコを大量《たいりょう》に置《お》きざりにしたんだ！」

和樹《かずき》も、うなずいている。

「ここなら、人《ひと》がなかなか来《こ》ないし、捨《す》てていっても目立《めだ》たないもんな。もともとネコ屋《や》敷《しき》だったから、怪《あや》しまれにくいだろうし……」

「なんてこった！　またネコの捕獲作戦《ほかくさくせん》かあ！」

家《いえ》に帰《かえ》って、夕食《ゆうしょく》のとき、お母《かあ》さんに話《はな》した。

ぼくの家《いえ》は、七海《ななみ》たちの住《す》む丘《おか》のてっぺんにある古《ふる》い洋館《ようかん》。

お母《かあ》さんはイギリス出身《しゅっしん》。お父《とう》さんは、国際弁護士《こくさいべんごし》をしていて、今《いま》はアメリカに出張《しゅっちょう》している。

今日《きょう》の夕食《ゆうしょく》は、パンとスープとローストチキンとサラダ。ナイフとフォークを動《うご》かしながら、ぼくは説明《せつめい》した。

「お母《かあ》さん聞《き》いてよ。ネコ屋敷《やしき》に、またネコがうじゃうじゃいたんだよ。十数匹《すうひき》も！」

「まあマイク、ほんとうなの？　それ……」

「今日《きょう》、和樹《かずき》とたしかめにいったんだから、ホントだよ！」

ぼくは、岬《みさき》にいたネコたちのようすを、くわしく説明《せつめい》する。

「オー！　マイ　ゴッド！（なんてことでしょう！）」

ちなみに、お母《かあ》さんと話《はな》すときの言葉《ことば》は、英語《えいご》。

両親《りょうしん》は、一人息子《ひとりむすこ》のぼくに「英語力《えいごりょく》もつけておくように」といっている。

お母《かあ》さんは、ため息《いき》をついた。

「ネコ屋敷《やしき》は、テレビでもニュースになったから、ネコを捨《す》てるのにもってこいだとでも思《おも》ったのかしら……。そんなにたくさん一度《ど》に捨《す》てるなら、ひょっとすると、ペット業者《ぎょうしゃ》かもしれないわね」

「きっと、そうだよ……。首輪《くびわ》をしているネコまでいた」

「ほら、この前《まえ》もテレビのニュースでやっていたでしょう。山《やま》の中《なか》にたくさんの小型犬《こがたけん》が置《お》きざりにされていたって。この頃《ごろ》、経営《けいえい》がうまくいかなくて、ペットを飼《か》いきれなくなった業者《ぎょうしゃ》が、犬《いぬ》やネコのあつかいに困《こま》ったあげく、大量《たいりょう》に捨《す》てる事件《じけん》があいついで……。ほんとうに頭《あたま》が痛《いた》いわあ。どうして、日本《にほん》のペットたちは、こんなにひどいあつかいを受《う》けているのかしら。だけどもし、だれもそのネコたちにエサをやらなかったら、きっと体《からだ》が弱《よわ》ってしまうでしょうね……」

お母《かあ》さんは、デザートのアップルパイを切《き》りわけてくれながら、つらそうにいった。

我《わ》が家《や》では、こういうペットの保護《ほご》に関《かん》する深刻《しんこく》な話《はなし》が、しょっちゅう食事《しょくじ》のとき話題《わだい》にのぼる。

両親《りょうしん》は、お父《とう》さんがイギリスの大学院《だいがくいん》に留学《りゅうがく》しているとき、ロンドンで出会《であ》った。

向《む》こうで結婚《けっこん》したから、ぼくが生《う》まれたのはイギリスの病院《びょういん》だ。

だけど、しばらくして日本《にほん》に引《ひ》っ越《こ》してくると、動物好《どうぶつず》きなお母《かあ》さんは、日本《にほん》のペットたちが、捨《す》てられたり、ぎゃくたいされたり、保健所《ほけんじょ》で大量《たいりょう》に殺処分《さつしょぶん》されていることに、ほんとうにおどろいたんだって！

それで、お父《とう》さんを代表者《だいひょうしゃ》にすえ、グリーンタウンの山《やま》の中《なか》に、小《ちい》さな動物保護団体《どうぶつほごだんたい》を作《つく》った。

イギリスは、動物保護《どうぶつほご》に関《かん》する法律《ほうりつ》が、世界《せかい》で一番最初《いちばんさいしょ》に作《つく》られた国《くに》。

動物《どうぶつ》を大切《たいせつ》にあつかわないと、きびしく罰《ばっ》せられてしまう。

だから、捨《す》てるとか、ぎゃくたい、とか、ほとんどありえない。ペットを小《ちい》さなケージに長時間閉《ちょうじかんと》じこめておいて売《う》る「ペットショップ」も見《み》たことがない。

動物《どうぶつ》の種類《しゅるい》ごとに、これ以上《いじょう》せまい所《ところ》で飼《か》ってはならないという最低限《さいていげん》の広《ひろ》さが、きちんと決《き》められているから、小《ちい》さな店《みせ》でペットを売《う》ることは、ほとんど不可能《ふかのう》なんだ。

ペットを飼《か》いたい人《ひと》は、ペットの繁殖業者《はんしょくぎょうしゃ》、ブリーダーから直接《ちょくせつ》もらいうける。

あるいは、動物保護団体《どうぶつほごだんたい》からゆずりうける。

人《ひと》びとの寄付《きふ》で成《な》りたっている巨大《きょだい》な動物保護団体《どうぶつほごだんたい》が、いくつもあり、どうしても行《い》き場《ば》のないペットたちは、そこで大切《たいせつ》に保護《ほご》されている。

ぼくも一度《ど》、見《み》に連《つ》れていってもらったことがあるけど、施設全体《しせつぜんたい》の面積《めんせき》が飛行場《ひこうじょう》くらい広《ひろ》くて、庭《にわ》もきちんと手入《てい》れされていて、犬《いぬ》やネコの部屋《へや》も大《おお》きくて、ほんとうにびっくりした。

六畳《じょう》くらいのネコの部屋《へや》は、床暖房《ゆかだんぼう》の入《はい》ったタイル張《ば》りで、二匹《ひき》くらいずつ暮《く》らしていた。とても清潔《せいけつ》な感《かん》じで、ネコが上《のぼ》って遊《あそ》ぶキャットタワーや、ネコのおもちゃも備《そな》えつけられており、窓《まど》からは、さんさんと陽《ひ》がふりそそいでいた。

ひょっとしたら日本《にほん》の子《こ》ども部屋《べや》より立派《りっぱ》なんじゃないか、と思《おも》ったくらいだ。

こういうところで暮《く》らせる犬《いぬ》やネコは、ほんとうに幸《しあわ》せだ。それなのに、日本《にほん》のペットたちの状況《じょうきょう》といったら……。

ペットショップで物《もの》のように並《なら》べて売《う》られ、売《う》れのこったら値段《ねだん》を下《さ》げてたたき売《う》り。売《う》れない場合《ばあい》は、子《こ》どもを産《う》むための動物《どうぶつ》として繁殖業者《はんしょくぎょうしゃ》に売《う》られたり、動物実験《どうぶつじっけん》につかうために売《う》られたり……。

それでも処分《しょぶん》しきれないと、こっそり数匹《すうひき》ずつ保健所《ほけんじょ》に持《も》ちこまれる。一般《いっぱん》の家庭《かてい》で飼《か》っていたといつわって処分《しょぶん》してもらうんだ。

動物愛護法《どうぶつあいごほう》が改正《かいせい》されて、保健所《ほけんじょ》は、悪質《あくしつ》な業者《ぎょうしゃ》からのペットの持《も》ちこみを、断《ことわ》れるようになったからだ。

それでも、どうしても処分《しょぶん》する方法《ほうほう》が見《み》つからないと、犬《いぬ》やネコは世話《せわ》もされず、エサも与《あた》えられないまま、今回《こんかい》みたいに、山《やま》の中《なか》に大量《たいりょう》に捨《す》てられてしまう。

生《う》まれた国《くに》によって、運命《うんめい》が変《か》わるなんて、ペットたちも気《き》の毒《どく》だよ！

ああ、なんとかしてあげたいけれど……！

「でもお母《かあ》さん、うちの団体《だんたい》じゃ、受《う》けいれられる数《かず》にも限《かぎ》りがあるよね」

「そうなのよ、マイク……」

犬《いぬ》とネコを合《あ》わせても、せいぜい百五十匹《ぴき》くらいが限界《げんかい》だ。

せまいところに押《お》しこめて飼《か》えば、かえってぎゃくたいになってしまう。

それに、寄付金《きふきん》だけで運営《うんえい》しているから、資金《しきん》が底《そこ》をついたら、団体《だんたい》の経営《けいえい》は成《な》りたたなくなる。スタッフやボランティアの人手《ひとで》にも、限《かぎ》りがある。

大地震《おおじしん》の後《あと》などには、被災地《ひさいち》のペットたちを救《すく》いたいと、心《こころ》やさしい人《ひと》たちが、よく新《あたら》しい動物保護団体《どうぶつほごだんたい》を作《つく》る。

しかし、会社《かいしゃ》と同《おな》じで、集《あつ》まった寄付金《きふきん》より、犬《いぬ》やネコを預《あず》かるお金《かね》の方《ほう》が多《おお》くかかったら、どうなる？

一匹《いっぴき》でも多《おお》く救《すく》いたいと、たくさんのペットを保護《ほご》しすぎて、けっきょくつぶれてしまった団体《だんたい》を、両親《りょうしん》もぼくもよく知《し》っている。

なにしろ、そういうときには、うちの団体《だんたい》に「引《ひ》きとってほしい」と連絡《れんらく》が来《く》るんだから……。

集《あつ》まりそうなお金《かね》がどれだけで、そのうちどのくらいのお金《かね》をつかわなくてはならないのか、きちんと計算《けいさん》してからペットたちを受《う》けいれないと、長《なが》い間動物保護活動《あいだどうぶつほごかつどう》を続《つづ》けていくことはできないんだ。

保護《ほご》した犬《いぬ》やネコも、けっきょく新《あたら》しい飼《か》い主《ぬし》が見《み》つからず、施設《しせつ》に十年《ねん》くらい残《のこ》る場合《ばあい》がある。そのくらい先《さき》のことまで考《かんが》えて動《うご》かないと、にっちもさっちもいかなくなってしまうんだよ。

だから、うちの団体《だんたい》でも、ほんとうに預《あず》かれるかどうかは、毎回《まいかい》よくよく考《かんが》えて決《き》めなくちゃならない……。

「だけどもし保健所《ほけんじょ》に持《も》ちこまれてしまったら、殺処分《さつしょぶん》されてしまうかもしれないね」

というと、お母《かあ》さんもうなずいた。

「この前《まえ》の神社跡地《じんじゃあとち》のネコのように、近《ちか》くで見《み》まもってくれる人《ひと》もいないでしょうから、地域《ちいき》ネコにするのも、むずかしいわ。いったいどうしたらいいのかしら……」

お母《かあ》さんはその夜《よる》、紅茶《こうちゃ》を何杯《なんばい》もおかわりしながら、リビングのソファーで考《かんが》えこんでいた。イギリス人《じん》は、何《なに》か落《お》ちついて考《かんが》え事《ごと》をしようとするとき、必《かなら》ず紅茶《こうちゃ》を飲《の》むんだ。

翌日《よくじつ》、動物保護団体《どうぶつほごだんたい》のスタッフたちが岬《みさき》の現地《げんち》を見《み》にいった。

「どのネコも、やせ細《ほそ》っていて、病気《びょうき》にかかっているネコも見《み》かけました」

その報告《ほうこく》を聞《き》いて、みんな胸《むね》を痛《いた》めた。

「お宅《たく》で、なんとかもう一匹《いっぴき》、お願《ねが》いできませんか？」

けっきょく、スタッフたちが、家《いえ》でペットを預《あず》かる一時預《いちじあず》かりのボランティアさんたちに電話《でんわ》をかけまくり、そのネコたちを預《あず》かってもらうことにしたんだって。

でも、それでも、受《う》け入《い》れ先《さき》は足《た》りない。

けっきょく我《わ》が家《や》にも、五匹《ひき》のネコがやってきた！

みんな大人《おとな》のオスネコばかり！　黒《くろ》、白《しろ》、茶色《ちゃいろ》、茶《ちゃ》トラ、灰色《はいいろ》！

ニャーゴ！　ニャーゴ！　ニャーゴ！

ニャーゴ！　ニャーゴ！

《ここは暮《く》らしやすいところだなあ》《腹《はら》がへったぜ。メシにしてくれ》《家《いえ》の外《そと》にも自由《じゆう》に行《い》かせろ！》《おい、そこどけ！》《ここではおいらがボスだぜぃ》

みんな、よく鳴《な》くこと！

おまけに、おたがい大声《おおごえ》で威嚇《いかく》しあいながら、追《お》いかけっこをくりひろげている。

ギャオー！　ギャオー！　ドドドドッ！
《オイラにケンカ売《う》ろうってのか？》《ち、ちがいますっ》《にげるな！　待《ま》てえ！》《もうやめてえ！》《そこだ！　はさみうちにしろ！》
あまりの騒々《そうぞう》しさに、ぼくとお母《かあ》さんは、このネコたちを「キャット・ギャング」と名《な》づけた。ネコのギャングっていう意味《いみ》。
家《うち》では、今《いま》、大型犬《おおがたけん》を二匹《ひき》飼《か》っているけれど、犬《いぬ》たちも、ネコの勢《いきお》いに負《ま》けそう……。

そして、さらに追《お》いうちをかける事件《じけん》が発生《はっせい》！

キャット・ギャングが来《き》てから数日経《すうじつた》った朝《あさ》、ぼくは、犬《いぬ》二匹《ひき》を散歩《さんぽ》に連《つ》れていこうと、リードをつけて、玄関《げんかん》から出《だ》した。

喜《よろこ》んだ犬《いぬ》たちは、足《あし》どりも軽《かる》く門《もん》に向《む》かう。すると、いきなり二匹《ひき》とも、ワンワンとほえだし、ぼくをふりかえったんだ。きっと、何《なに》かの臭《にお》いをかぎつけたにちがいない。

「え？　どうしたの？」

門《もん》を開《あ》けて、外《そと》をのぞくと、そこには……。

「な、なんだ！　また、ね、ネコ？」

家《いえ》の門《もん》の外《そと》、石畳《いしだたみ》の舗道《ほどう》に、今度《こんど》はなんと、段《だん》ボール箱《ばこ》に入《はい》った子《こ》ネコが五匹《ひき》、捨《す》てられていたんだよ！

まだ生《う》まれたばかりらしく、目《め》も開《あ》いていない。みんな真《ま》っ白《しろ》。

ミイミイミィ……。か細《ぼそ》い声《こえ》で鳴《な》いている。

「ひ、ひどい。また捨《す》てネコだなんて！」

段《だん》ボール箱《ばこ》をのぞきこみ、ぼう然《ぜん》としてしまった。

じつは、ここにペットが捨《す》てられるのは、もう五回目《かいめ》くらいかな。

家《うち》が、動物保護団体《どうぶつほごだんたい》をやっていると知《し》って、わざと置《お》いていくんだから……！

きっとここに捨《す》てれば、育《そだ》ててもらえると思《おも》ってのことだろう。

でも、それって、わがままっすぎない？　こっちの迷惑《めいわく》を考《かんが》えてよ！

くやしくて、涙《なみだ》が出《で》そうになった。

ところがそこへ、向《む》かいの家《いえ》のおじさんが、庭先《にわさき》からこっちを見《み》て、にらみつけてきたんだ。どうやら、植木《うえき》に水《みず》をやっていたところだったらしい。

おじさんは、さけぶようにこういった。

「また捨《す》てネコかい？　このごろ、お宅《たく》のネコの鳴《な》き声《ごえ》がうるさくて、夜《よる》も眠《ねむ》れないんだよ。なんとかならないの？」

はっとした。たしかにあの鳴《な》き声《ごえ》はものすごい。向《む》かいの家《いえ》にまで聞《き》こえていたんだ。

「すみません。やかましくて、で、でも……」

ネコ屋敷《やしき》にまたネコが捨《す》てられていたとか、言《い》い訳《わけ》しようかと思《おも》ったところへ、おじさんが、高《たか》い声《こえ》でいいはなった。

「動物保護《どうぶつほご》のボランティアなんて、やめてもらうと、こっちも助《たす》かるんだけどねえ！　正直《しょうじき》、近所迷惑《きんじょめいわく》だよ！　家《うち》みたいに、犬《いぬ》やネコがきらいな家族《かぞく》だって、近《ちか》くに暮《く》らしているということを、忘《わす》れないでいただきたい！　ネコの鳴《な》き声《ごえ》だって、騒音《そうおん》なんだよっ」

「す、すみません……。え、えっと……」

すごい勢《いきお》いでいわれ、背中《せなか》に冷《ひ》や汗《あせ》が流《なが》れた。のどが、ぐっとしめつけられるような感《かん》じで、うまく言葉《ことば》にならない。

たしかにそうだ。世《よ》の中《なか》、ペットを好《す》きな人《ひと》ばかりじゃないってことは、ぜったい忘《わす》れちゃいけないって、お父《とう》さんがいってた。

「ごめんなさい。親《おや》に伝《つた》えておきます」

それだけいうと、犬《いぬ》たちをU《ユー》ターンさせて、また家《いえ》にもどる。

犬《いぬ》たちは「どうして？　散歩《さんぽ》は？」ってがっかりした顔《かお》をしてたけど、ごめんね……。

それから、まだ庭先《にわさき》でこっちをにらみつけているおじさんの視線《しせん》を感《かん》じながら、子《こ》ネコたちの入《はい》った段《だん》ボール箱《ばこ》を取《と》りにいき、かかえて玄関《げんかん》にもどる。

さわぎを聞《き》きつけたお母《かあ》さんが、キッチンから出《で》てきた。

「どうしたの？」

「また捨《す》てネコだよ！　門《もん》の前《まえ》に！」

ぼくは、段《だん》ボール箱《ばこ》を、足下《あしもと》に置《お》く。そして、おじさんからの伝言《でんごん》を伝《つた》えた。

「……それから、向《む》かいのおじさんに、最近《さいきん》ネコの鳴《な》き声《ごえ》がうるさいって、ものすごい勢《いきお》いで怒《おこ》られた。動物保護《どうぶつほご》のボランティアなんか……やめてほしいって。ペットはきらいらしいよ……」

いいおわり、くちびるをかんだ。くやしくて、悲《かな》しくて、とうとう涙《なみだ》があふれてきた……。

お母《かあ》さんは、うなだれている。

「そうなのよ。あのお宅《たく》だけは、このあたりでも動物《どうぶつ》がおきらいで……。たしかにキャット・ギャングの鳴《な》き声《ごえ》はうるさすぎて、申《もう》し訳《わけ》ないわね……」

お母《かあ》さんは、しばらく考《かんが》えこんでいたが、はっと気《き》がつくと、子《こ》ネコの入《はい》った段《だん》ボール箱《ばこ》をサンルームに運《はこ》び、健康状態《けんこうじょうたい》を調《しら》べにかかった。

キャット・ギャングたちが寄《よ》ってきて、そのまわりを、興味《きょうみ》しんしんなようすで歩《ある》きまわっている。

ニャーゴ！　ニャーゴ！　ニャーゴ！　ニャーゴ！　ニャーゴ！　ニャーゴ！

《新入《しんい》りが来《き》たのかあ？》《まだ赤《あか》ん坊《ぼう》らしいぜ》《ちょっと挨拶《あいさつ》してやるか》《やめとけって》《でも気《き》になるじゃねーか》

あんまりその声《こえ》がうるさいから、ぼくはつい、どなってしまった。

「こらあ！　うるさい！　静《しず》かにしろぉ！」

さすがの、キャット・ギャングも、大声《おおごえ》にびくっとして、クモの子《こ》を散《ち》らすように、タタッと走《はし》りさっていく。

「そんなに怒《おこ》らなくてもいいじゃないの……」

お母《かあ》さんが、ほんとうに悲《かな》しそうな顔《かお》で、ぼくを、ちらりとふりかえった。

ぼくの家《うち》や、動物保護団体《どうぶつほごだんたい》は、いろいろな人《ひと》から、悪口《わるぐち》や陰口《かげぐち》をいわれる。

「なぜ、困《こま》ってるのに、ペットを引《ひ》きとってくれないのか？」

「そんな活動《かつどう》をやっているから、犬《いぬ》やネコがそこに捨《す》てられるんだ。かえってかわいそうじゃないか」

「鳴《な》き声《ごえ》が、近所迷惑《きんじょめいわく》だ！」

「犬《いぬ》やネコより、困《こま》っている人間《にんげん》を助《たす》ける方《ほう》が先《さき》なんじゃないの？」

「暇《ひま》なんだね。犬《いぬ》やネコの相手《あいて》をして暮《く》らしているなんて……。まったくうらやましいよ。こっちは朝《あさ》から晩《ばん》まで仕事《しごと》でいそがしいのにさ」

ボランティアという考《かんが》え方《かた》は、日本《にほん》ではまだ広《ひろ》まりはじめたばかりだ。欧米《おうべい》では、自分《じぶん》の仕事以外《しごといがい》に何《なに》かボランティア活動《かつどう》をするのは、よくあることなんだけどね。

ボランティアといっても、いろいろな種類《しゅるい》がある。大切《たいせつ》なのは、それぞれが、自分《じぶん》が受《う》けもつ分野《ぶんや》のボランティアを、しっかり行《おこな》うこと。

人間相手《にんげんあいて》の人《ひと》は人間《にんげん》に対《たい》して。

動物保護《どうぶつほご》をする人《ひと》は動物《どうぶつ》に対《たい》して。

自然環境《しぜんかんきょう》を守《まも》る人《ひと》は、自然《しぜん》に対《たい》して……。

そうやって役目《やくめ》を分担《ぶんたん》し、各々《おのおの》が、自分《じぶん》にできる範囲《はんい》のことをすることで、社会《しゃかい》はより豊《ゆた》かになる。

……ってこれは、じつはお父《とう》さんの口《くち》ぐせなんだけれど。

大地震《おおじしん》があったときだってそうだよね。いろいろなボランティアがそれぞれがんばったから、成果《せいか》が出《で》たんだ。

家《うち》は、動物保護《どうぶつほご》の活動《かつどう》をやるって決《き》めたんだから、ほんとうはそれに専念《せんねん》すればいいはず。でも、いろいろな意見《いけん》を浴《あ》びせられながら続《つづ》けていくのは、とっても大変《たいへん》だ。

早《はや》く日本《にほん》も、欧米《おうべい》なみに、動物保護《どうぶつほご》の精神《せいしん》がいきわたればいいだけの話《はなし》なんだけどね。

そうすれば、保護《ほご》しなくてはならないペットの数《かず》も、もっと減《へ》るはずだから。

ぼくは、小《ちい》さいころはイギリスで育《そだ》って、今《いま》も年《ねん》に二回《かい》は、飛行機《ひこうき》に乗《の》り、母方《ははかた》のおじいちゃんの家《いえ》に行《い》っている。

ロンドンから電車《でんしゃ》で一時間《じかん》ほど行《い》った田園地帯《でんえんちたい》。なだらかな丘《おか》。見《み》わたす限《かぎ》りの緑《みどり》。遠《とお》くに湖《みずうみ》が見《み》え、牧場《ぼくじょう》では、牛《うし》や羊《ひつじ》が草《くさ》をはんでいる。ところどころに、田舎風《いなかふう》の家々《いえいえ》や教会《きょうかい》が建《た》っている。

ぼくは、おじいちゃんちの敷地内《しきちない》で飼《か》われている子馬《こうま》に乗《の》ったり、子馬《こうま》の世話《せわ》の仕方《しかた》を教《おし》えてもらったりしながら育《そだ》ち、動物《どうぶつ》が大好《だいす》きになった。

そして、日本《にほん》にしょうらい、イギリスなみの、大《おお》きな動物保護団体《どうぶつほごだんたい》を作《つく》ることが、いつしか自分《じぶん》の夢《ゆめ》になったんだ。

……だけど、こんな風《ふう》にクレームが来《き》たり、あまりにも捨《す》てられているペットが多《おお》かったりすると、さすがのぼくも、……心《こころ》が折《お》れそうになっちゃうよ。

いつの間《ま》にか、雨《あめ》が降《ふ》りだして、窓《まど》には、大《おお》つぶの雨《あめ》がポツポツとたたきつけている。

ぼくは、自分《じぶん》の部屋《へや》のベッドに、あおむけにひっくりかえったまま、ずっと考《かんが》えこんでいた。

玄関《げんかん》の前《まえ》に捨《す》てられていた子《こ》ネコの健康状態《けんこうじょうたい》は、幸《さいわ》いよかった。きっと一度《ど》に子《こ》ネコがたくさん生《う》まれたことにおどろいて、飼《か》い主《ぬし》が捨《す》てちゃったんだろう。

この赤《あか》ちゃんネコたちは、動物保護団体《どうぶつほごだんたい》のスタッフの人《ひと》が、家《いえ》に引《ひ》きとってめんどうを見《み》てくれることになった。

ぼくの家《うち》には、大《おお》きなネコがすでに五匹《ひき》も来《き》ていたから、騒音《そうおん》のこともあり、もうこれ以上引《いじょうひ》きとるのはとても無理《むり》だったから。

けっきょく、心《こころ》やさしい人《ひと》に、しわ寄《よ》せがいっちゃうんだよね……。

そしてやってきた、週末《しゅうまつ》。

ぼくは、いつものとおりお母《かあ》さんの車《くるま》に乗《の》せてもらい、グリーンタウンの山《やま》の中《なか》にある動物保護団体《どうぶつほごだんたい》の施設《しせつ》へ、手伝《てつだ》いに出《で》かけた。

土日《どにち》、時間《じかん》があるときは、ここで動物《どうぶつ》の小屋《こや》のそうじなど、できることをさせてもらっているんだ。

山《やま》の緑《みどり》は、雨《あめ》あがりでしっとり濡《ぬ》れて、動物保護団体《どうぶつほごだんたい》の敷地《しきち》のあちこちには、小《ちい》さな水《みず》たまりができていた。

「じゃ、菜々子《ななこ》、いっしょにネコのご飯《はん》を配《くば》るのやろうか」

施設《しせつ》に着《つ》いたぼくは、さっそく、もう一人《ひとり》のボランティアの小学生《しょうがくせい》、菜々子《ななこ》と仕事《しごと》をはじめた。

菜々子《ななこ》は、グリーンタウンに住《す》んでいる同《おな》じ六年生《ねんせい》の女《おんな》の子《こ》で、お母《かあ》さんが、この団体《だんたい》でボランティアをしている。

春《はる》に、菜々子《ななこ》のクラスメイトの愛梨《あいり》がかわいがっていたチャッピーという犬《いぬ》を、我《わ》が家《や》で看取《みと》ったときに家《うち》に何度《なんど》か来《き》てくれて、それ以来《いらい》、親《した》しくなった。

彼女《かのじょ》もよく土日《どにち》には、施設《しせつ》の手伝《てつだ》いに来《く》るようになったんだ。

体《からだ》はほっそりして色白《いろじろ》。長《なが》くて細《ほそ》い髪《かみ》。

イギリスでは、レディーファーストという文化《ぶんか》がある。

ジェントルマン、つまり紳士《しんし》である男性《だんせい》は、女性《じょせい》に敬意《けいい》を表《あらわ》し、女性《じょせい》が部屋《へや》に入《はい》ってきたときは立《た》ちあがり、椅子《いす》に座《すわ》るときは、椅子《いす》を引《ひ》く。

部屋《へや》を出《で》るときも、ドアを開《あ》けてあげたり、エレベーターにも先《さき》に乗《の》せてあげたりする。

こういう昔《むかし》ながらの騎士道精神《きしどうせいしん》にのっとった風習《ふうしゅう》を、かえって女性《じょせい》を弱《よわ》い者《もの》あつかいする差別《さべつ》だという人《ひと》もいて、現在《げんざい》のイギリスでは、だんだんなくなってきたけれど……。

何《なに》がいいたいかというとね……！　つまり、菜々子《ななこ》は、今《いま》どきの日本《にほん》にめずらしい、おしとやかな「レディー」だっていうこと！

菜々子《ななこ》はバレエを習《なら》っているらしく、しぐさがめっちゃ優雅《ゆうが》！

口数《くちかず》も少《すく》なくて、同《おな》じクラスの七海《ななみ》みたいに「〇〇しろ！」なんて男子《だんし》をアゴでつかうことはけっしてない（七海《ななみ》は七海《ななみ》でいいやつだけどね）。

ぼくは、菜々子《ななこ》の前《まえ》では、ジェントルマンでありたいなって、思《おも》っちゃう。

思《おも》わず、守《まも》ってあげたくなるタイプなんだよね！

菜々子《ななこ》と、ネコたちのエサの用意《ようい》をしながら、ぼくは、捨《す》てネコのことを、ついぐちってしまった。

「またネコ屋敷《やしき》のところに、ネコが捨《す》てられてたんだよ！」

菜々子《ななこ》は、目《め》を見開《みひら》いておどろいた。

「え？　この前《まえ》あんなに保護《ほご》されたばかりなのに？」

「それで、ネコの一時預《いちじあず》かりさんたちに手伝《てつだ》ってもらって、家《うち》でも五匹《ひきひ》引きとったんだ。

それが、とってもよく鳴《な》くネコたちでさあ。ぼくとお母《かあ》さんは、キャット・ギャングって呼《よ》んでる。近所《きんじょ》からも、鳴《な》き声《ごえ》がうるさいって、クレームが来《き》ちゃって……」

菜々子《ななこ》は、長《なが》いまつげの目《め》をしばたたき、それから、小《ちい》さくうなずいた。

「……大変《たいへん》だね。でも、がんばってね！　家《うち》はもうすぐまた犬《いぬ》の一時《いちじ》預《あず》かりをする予定《よてい》だけれど、手伝《てつだ》えることがあったら、いってね！」

「うん。みんなそれぞれ預《あず》かっているペットがいるから、大変《たいへん》だけどね。しかも、……聞《き》いてよ！　今度《こんど》はぼくの家《いえ》の前《まえ》に、段《だん》ボール箱《ばこ》に入《はい》った子《こ》ネコが捨《す》てられていたんだよ……。一時《いちじ》は、家《いえ》が、ネコだらけになっちゃって……。無責任《むせきにん》な飼《か》い主《ぬし》たちに、さすがに頭《あたま》にきた！」

「……うふふ！　マイクでも、怒《おこ》ったりすること、あるんだ」

菜々子《ななこ》が、楽《たの》しそうに笑《わら》った。ぼくは、ちょっとはずかしくなった。

「そりゃ、人間《にんげん》ができてないから……」

「意外《いがい》だね。いつも落《お》ちついてるのかと思《おも》ってた。でも、そんなにネコばかりやってくるなんて、まるで『ネコ祭《まつ》り』だね！　子《こ》ネコが生《う》まれる春《はる》は、いつもこの施設《しせつ》が大《おお》さわぎだって、お母《かあ》さんがいってた……」

「だけど、さすがに、なんだか、もういやになっちゃってさ……」

肩《かた》をすくめてみせると、菜々子《ななこ》は、ぼくの目《め》をまっすぐ見《み》ていってくれた。

「でも、悪《わる》いのは、ネコたちじゃない。飼《か》っていた人間《にんげん》だよ。大《おお》きな動物保護団体《どうぶつほごだんたい》を作《つく》りたいっていうマイクの夢《ゆめ》、わたしも応援《おうえん》してるから……！」

じーんときた。そうだった。ぼくは、イギリスみたいに大《おお》きな動物保護団体《どうぶつほごだんたい》を作《つく》るのが、夢《ゆめ》なんだ。それなのに、こんなことで、ぶつくさいって……。情《なさ》けない自分《じぶん》！

「……あ、ありがとう！　そうだね。文句《もんく》なんか、いってる場合《ばあい》じゃないよね……」

急《きゅう》に反省《はんせい》して、頭《あたま》をかいた。そうだ、菜々子《ななこ》のいうとおりだ！　ネコたちは悪《わる》くない。

自分《じぶん》のしょうらいの夢《ゆめ》を、忘《わす》れちゃダメだ！

何《なに》かをしたいと思《おも》ったら、けっして途中《とちゅう》で、ブレたらいけないんだ！

どんなにつらくても……。

教《おし》えてくれた菜々子《ななこ》に感謝《かんしゃ》した。

家《いえ》に帰《かえ》ると、キャット・ギャングが、ぼくとお母《かあ》さんの帰《かえ》りを待《ま》ちかねていた。

ニャーゴ！　ニャーゴ！　ニャーゴ！　ニャーゴ！　ニャーゴ！
《どこいってたんだ？》《腹減《はらへ》った！》《さみしいから、だっこしてぇ！》《今日《きょう》も、おいらはいじめられたんだぜ》《カーテンによじのぼって、いたずらしたのはこいつだよ》
「まあまあ、そうさわぐなって！」
寄《よ》ってきたネコたちを、順番《じゅんばん》にだっこしてやる。
ほおずりしながら、心《こころ》の中《なか》で、あやまった。
……この前《まえ》は、八《や》つ当《あ》たりしてごめんな！

けっきょく、ネコ屋敷《やしき》のネコや、家《いえ》の前《まえ》に捨《す》てられていたネコたちは、里親会《さとおやかい》を開《ひら》いて、ゆずり受《う》けてくれる家族《かぞく》を探《さが》すことになった。

最初《さいしょ》は、ぼくの住《す》んでいるシーサイドタウンの駅前《えきまえ》のビルのワンフロアを借《か》りて、やったんだけど、ちっとも新《あたら》しい飼《か》い主《ぬし》は見《み》つからなかった。

次《つぎ》に、となり町《まち》のミッドタウンで開催《かいさい》したら、赤《あか》ちゃんネコたちから先《さき》に、里親《さとおや》が見《み》つかった。やっぱり、年齢《ねんれい》が若《わか》いほど、かわいいから人気《にんき》がある。

でも、キャット・ギャングたちには、なかなか新《あたら》しい家族《かぞく》が見《み》つからない。

そして、最後《さいご》は、菜々子《ななこ》が住《す》んでいる、グリーンタウンの駅《えき》ビルのショッピングモールの一階《かい》、イベントホールでの里親会《さとおやかい》。

すでに、日《ひ》ざしは夏《なつ》！

土曜《どよう》の午後《ごご》。菜々子《ななこ》や菜々子《ななこ》のお母《かあ》さんも、いっしょにボランティアをした。

十数匹《すうひき》のネコを連《つ》れていった。キャット・ギャングの五匹《ひき》もいっしょだ。みんな、しんみょうに、それぞれのケージに収《おさ》まっている。

会場《かいじょう》をフェンスでかこみ、床《ゆか》にはマットをしきつめる。

スタッフやぼくたちボランティアは、おそろいの水色《みずいろ》のT《ティー》シャツを着《き》て、通《とお》りかかる人《ひと》たちに呼《よ》びかけた。

「ネコたちの、新《あたら》しい家族《かぞく》になってくれませんか？」

「わあ、ネコだ。かわいい！」

といってくれる人《ひと》もいるけれど、なかなか自分《じぶん》の家《いえ》で飼《か》うとなると、足《あし》を止《と》めてくれない。

募金箱《ぼきんばこ》も置《お》いているけれど、中《なか》には「怪《あや》しい団体《だんたい》じゃないだろうな」という人《ひと》もいる。それは、もっともなことだ。実際《じっさい》、団体《だんたい》によっては、募金《ぼきん》だけ集《あつ》めて何《なに》もしない、とんでもないところだってあるんだから……。

ぼくや菜々子《ななこ》は、通《とお》りかかる人《ひと》に、繰《く》りかえし呼《よ》びかける。

「みなさん！　テレビでやっていたネコ屋敷《やしき》の事件《じけん》を知《し》っていますか？　飼《か》い主《ぬし》は、ネコを増《ふ》やしすぎて、エサ代《だい》に困《こま》り、コンビニ強盗《ごうとう》まで働《はたら》きました。そして逮捕《たいほ》され、かわいそうなネコたちはこの団体《だんたい》に引《ひ》きとられました。ところが、今度《こんど》はまた空《あ》き家《や》になった場所《ばしょ》に、ペット業者《ぎょうしゃ》がネコをたくさん捨《す》てていったんです！　かわいそうなネコたちの家族《かぞく》になってくれる人《ひと》はいませんか？　お願《ねが》いします！」

何度《なんど》も、何度《なんど》もさけぶと、少《すこ》しずつ、人《ひと》びとが足《あし》を止《と》めてくれるようになった。

「お願《ねが》いします。一匹《いっぴき》でも……」

今回《こんかい》、来《き》てくれた人《ひと》たちには、運《うん》よくネコ好《ず》きが多《おお》かった。

「かわいそうにねえ。テレビのニュースで見《み》たけど、あのネコ屋敷《やしき》に捨《す》てるなんて……」

同情《どうじょう》してくれた人《ひと》もいて、キャット・ギャングのケージをのぞきこんでいる。

すると、それにつられるようにして、ほかの人《ひと》たちも、キャット・ギャングのそばに集《あつ》まってきた。

キャット・ギャングの「ネコかぶり」は、見事《みごと》だった。家《いえ》ではあんなにうるさいのに、静《しず》かにしていたのは、かなり緊張《きんちょう》していたのかな？

でも、一匹《いっぴき》ずつなら、さわがないし、別《べつ》に性格《せいかく》も悪《わる》くないんだよ。

「じゃあ、家《うち》では、この子《こ》を引《ひ》きとります……」

やがて、一匹《いっぴき》ずつ、もらい手《て》が決《き》まっていく。

もちろん、里親候補《さとおやこうほ》の家庭《かてい》には、飼《か》い主《ぬし》としてふさわしいかどうかの審査《しんさ》を行《おこな》う。

ちゃんと家《いえ》の中《なか》で飼《か》ってくれるか、長時間留守《ちょうじかんるす》にしないか……とかね。

そして、とうとうキャット・ギャング五匹《ひき》ぜんぶに、新《あたら》しい家族《かぞく》が見《み》つかったんだ！

「よかったあ！　そろって決《き》まってよかったね！」

菜々子《ななこ》は、うれしそうに、にっこり笑《わら》っていた。

家《いえ》に帰《かえ》ると、ネコをかぶり緊張《きんちょう》していたキャット・ギャングと、思《おも》いきり遊《あそ》んでやった。

「よかったな、家族《かぞく》が決《き》まって！」

ニャーゴ！　ニャーゴ！　ニャーゴ！　ニャーゴ！　ニャーゴ！

《ありがとよ》《やっとおいらたちも行《い》き先《さき》が決《き》まったんだな？》《おいらはこの家《いえ》の方《ほう》がよかったのにな》《まあ、幸《しあわ》せに暮《く》らせるなら、どこでもいいってことよ》《マイクもこれから達者《たっしゃ》に暮《く》らせよ！》

みんなのことは、忘《わす》れないよ。

キャット・ギャングとの出会《であ》いは、いい教訓《きょうくん》になった。

人間《にんげん》、一度《ど》こうだと決《き》めたことは、どんなことをいわれても、どんな目《め》にあっても、ぜったいブレちゃだめなんだ。

これからは、自分《じぶん》の信《しん》じる道《みち》を、まっすぐ歩《ある》いていくからね！

ロビンはまねきネコ

七海《ななみ》デース！

ゴールデンウイークが終《お》わると、シーサイドタウンでは、夏《なつ》の海水浴客《かいすいよくきゃく》の受《う》けいれ準備《じゅんび》が、少《すこ》しずつ進《すす》んでいく。

「魚亭《さかなてい》」も、店《みせ》の前《まえ》の「おしるこ」ののぼりを「かき氷《ごおり》」に変《か》えたし、近《ちか》くの雑貨屋《ざっかや》さんでは、店先《みせさき》にカラフルな浮《う》き輪《わ》やゴムボートを並《なら》べはじめた。

そして、もうすぐシーサイドタウンの小学校《しょうがっこう》は、修学旅行《しゅうがくりょこう》！　めっちゃ楽《たの》しみぃ。

一泊二日《いっぱくふつか》の、栃木県日光《とちぎけんにっこう》への旅行《りょこう》！　東照宮《とうしょうぐう》なんかを、見《み》にいくんだ！

荷物《にもつ》をつめるジーンズ生地《きじ》の大《おお》きなリュックも、買《か》ってもらったよ！

泊《と》まるホテルは、どんなとこかな？　どんな食事《しょくじ》が出《で》るのかな？

想像《そうぞう》するだけで、ワクワクしちゃう！

でも、今年《ことし》で小学校《しょうがっこう》も終《お》わりだなんて、早《はや》いなあ。来年《らいねん》は、中学生《ちゅうがくせい》かあ……。

あたしは公立《こうりつ》の中学《ちゅうがく》に行《い》く予定《よてい》だから、制服《せいふく》は白《しろ》いリボンのセーラー服《ふく》？

ひぇぇ〜〜、果《は》たして似合《にあ》うかどうか。

今《いま》から卒業《そつぎょう》や進学《しんがく》が、楽《たの》しみだね〜。

ところで、ホテルといえば、最近家《さいきんうち》で、ちょっとモメてることがあるんだ。

お父《とう》さんが、春《はる》に急《きゅう》にこんなことをいいだしたんだよ。

「また、民宿《みんしゅく》、やりたいなって思《おも》ってるんだけど……」

「え？　民宿《みんしゅく》を？　お父《とう》さんが？」

お母《かあ》さんも、おばあちゃんも、あたしも、おどろいた。

ネコのチャチャも、ピンと耳《みみ》をそばだてた。

その日《ひ》は「魚亭《さかなてい》」の定休日《ていきゅうび》の月曜《げつよう》で、おばあちゃんも交《まじ》え、あたしの家《いえ》の方《ほう》で、家族全《かぞくぜん》員《いん》そろって夕食《ゆうしょく》をとっていた。

お母《かあ》さんが、ベビー用《よう》の椅子《いす》に座《すわ》った海人《かいと》に、卵《たまご》を食《た》べさせながらいった。

「なんで急《きゅう》に、そんなことを思《おも》いたったの？」

お父《とう》さんは、口《くち》ひげをはやした顔《かお》で、にっと笑《わら》い、お母《かあ》さんとおばあちゃんの顔色《かおいろ》をうかがいながら、ぼそぼそ話《はな》している。

「店《みせ》に来《く》るサーファー仲間《なかま》がさ、浜《はま》に近《ちか》いところに宿《やど》がないから、早朝《そうちょう》のサーフィンがしづらいってて、よくいってるんだよ」

お母《かあ》さんは、首《くび》をふった。

「それだけ？　だからって、家《うち》がやらなくてもいいと思《おも》うけど？　わたしもまだ海人《かいと》の世《せ》話《わ》で手《て》がはなせないし……」

ところがおばあちゃんは、この話《はなし》にいそいそと身《み》を乗《の》りだしたんだ。

「そりゃあ、海光館《かいこうかん》をまたやってくれるなら、わたしは、うれしいけれどね。浜《はま》の近《ちか》くに泊《と》まりたいお客《きゃく》さんだっているだろうし……。シーサイドタウンには、ヨットハーバーや海水浴場《かいすいよくじょう》があるのに、ホテルはあっても、安《やす》く泊《と》まれる宿《やど》が、今《いま》はほとんどなくなってしまって……」

説明《せつめい》すると、こういうことなんだ。

海光館《かいこうかん》は、今《いま》は閉《し》めちゃったけれど、おばあちゃんが亡《な》きおじいちゃんといっしょに、今《いま》から四十年《ねん》くらい前《まえ》、昭和《しょうわ》の時代《じだい》に開《ひら》いた民宿《みんしゅく》。

海光《かいこう》っていうのは、現在《げんざい》はつかわれていない古《ふる》い地名《ちめい》で、昔《むかし》はこのあたりを海光村《かいこうむら》っていったんだって。

民宿《みんしゅく》の木造《もくぞう》二階《かい》のレトロな建物《たてもの》は、「魚亭《さかなてい》」のすぐとなりに残《のこ》っている。中《なか》に一度入《どはい》ったことがあるけれど、すっかりさびれた感《かん》じで、襖《ふすま》や障子《しょうじ》は汚《よご》れたまま放置《ほうち》されていた。和室《わしつ》がぜんぶで五部屋《へや》。昔《むかし》は、けっこうはやっていて、海水浴客《かいすいよくきゃく》や、マリンスポーツをする人《ひと》でにぎわっていたらしいけどね。

最初《さいしょ》に営業《えいぎょう》していたのは、じつは、この民宿海光館《みんしゅくかいこうかん》の方《ほう》。

お父《とう》さんが今《いま》やっている「魚亭《さかなてい》」は、日帰《ひがえ》りの観光客《かんこうきゃく》やサーファー、地元《じもと》の人《ひと》を相手《あいて》に、民宿《みんしゅく》の片手間《かたてま》で後《あと》から開業《かいぎょう》したってわけ。

ところが、おじいちゃんが急《きゅう》に亡《な》くなり、おばあちゃんは足《あし》が悪《わる》くなってしまった。

しかも、景気《けいき》が悪《わる》く、民宿《みんしゅく》のお客《きゃく》さんが少《すく》なくなった。そこで、あたしが生《う》まれる前《まえ》に民宿《みんしゅく》の方《ほう》は閉《し》めてしまったんだって。

おばあちゃんは、遠《とお》い目《め》をしている。

「あのころはよかったねえ……。たくさんお客《きゃく》さんがいらして、おじいちゃんも、まだ若《わか》くて元気《げんき》で……」

お母《かあ》さんも、うなずいている。

「そうですねえ。わたしとお父《とう》さんも、そこで出会《であ》って結婚《けっこん》したんだもの……」

「へえ、そうだったんだ！」

知《し》らなかった！　二人《ふたり》とも、サーファーだったたっていうのは、知《し》ってたけど！

お父《とう》さんは、お母《かあ》さんにたのみこんでいる。

「だからさあ、なんとかまたやれないかなって思《おも》うんだけど、どうかなあ？　建物《たてもの》もつかわないままじゃ、だんだん古《ふる》くなって宝《たから》の持《も》ちぐされじゃないか。今時《いまどき》、あんな純和風《じゅんわふう》の建物《たてもの》は、逆《ぎゃく》に貴重《きちょう》だって」

しかし、お母《かあ》さんは、きっぱりといった。

「でも、また営業《えいぎょう》するなら、かなりのお金《かね》をかけてリフォームしないと無理《むり》よ。なにしろ、十年以上《ねんいじょう》もつかっていないんですもの！　お風呂《ふろ》だって、トイレだって、古《ふる》くさいし……。そんなお金《かね》がどこにあるの？」

お母《かあ》さんに強《つよ》くいわれて、お父《とう》さんも、しゅんとなっている。

「……でも、さあ」

「それに、サーファー仲間《なかま》がときどき泊《と》まってくれるだけじゃ、とても民宿《みんしゅく》の経営《けいえい》は成《な》りたたないわ。魚亭《さかなてい》だって、店《みせ》の営業《えいぎょう》だけでなく、出前《でまえ》もするようにしてから、やっとなんとかなったんじゃない！」

「……たしかにそうだけど」

その夜《よる》の話《はな》しあいで、お父《とう》さんは、民宿再開《みんしゅくさいかい》の話《はなし》を、さすがにあきらめたみたいだった。

だけどおばあちゃんは、未練《みれん》たらたらで、あたしにこっそり、こぼすんだ。

「いい話《はなし》なのにねえ。せっかくおじいちゃんが開《ひら》いた民宿《みんしゅく》だから、またやってくれたら、おばあちゃん、どんなにうれしいか……！」

おばあちゃんちに行《い》き、昔民宿《むかしみんしゅく》がにぎわっていたころの写真《しゃしん》を見《み》せてもらった。

おじいちゃんもおばあちゃんも若《わか》くて、生《い》き生《い》きしてる！

浮《う》き輪《わ》やサーフボードを持《も》って、浜《はま》で記念写真《きねんしゃしん》を撮《と》っているお客《きゃく》さんたち……。

「あ、これ、お父《とう》さんでしょ！　……そして横《よこ》にいるのがお母《かあ》さん！」

「そうそう。お母《かあ》さんは、友《とも》だちといっしょにたまたま海光館《かいこうかん》に泊《と》まりにきて、お父《とう》さんとなかよくなったのよ」

「……そうなんだあ。それだけ、思《おも》い出《で》のある民宿《みんしゅく》なんだね。だったら、お母《かあ》さんも賛成《さんせい》すればいいのにねえ」

いっしょにアルバムをめくる横《よこ》で、黒《くろ》ネコのロビンが、また畳《たたみ》や襖《ふすま》をひっかいている。

ミャオミャーオ！

《商売繁盛《しょうばいはんじょう》するといいニャ〜ン》

おばあちゃんを、喜《よろこ》ばせるためにも、もし民宿《みんしゅく》が再開《さいかい》できたら、とってもいいと思《おも》うんだけど……！

そうこうするうちに、とうとうやってきた修学旅行《しゅうがくりょこう》！
学校《がっこう》では、事前学習《じぜんがくしゅう》をして、日光《にっこう》について、いろいろ調《しら》べた。
東照宮《とうしょうぐう》は、栃木県日光市《とちぎけんにっこうし》にあり、江戸幕府《えどばくふ》の初代将軍《しょだいしょうぐん》、徳川家康《とくがわいえやす》をまつっている神社《じんじゃ》。
日光《にっこう》の神社《じんじゃ》やお寺《てら》は、世界遺産《せかいいさん》なんだって！　すごいね〜。

ということで、事前学習終了《じぜんがくしゅうしゅうりょう》（早《はや》すぎ？）。

当日《とうじつ》は、朝《あさ》七時《じ》に、小学校《しょうがっこう》に集合《しゅうごう》。

見送《みおく》りのお父《とう》さんやお母《かあ》さんたちに手《て》をふって、バス二台《だい》に分乗《ぶんじょう》する。

あたしのとなりの席《せき》は、桃子《ももこ》だった。めっちゃくちゃおしゃれしてて、修学旅行《しゅうがくりょこう》なのに、フリフリの水玉《みずたま》のワンピースとは、さすがだね。

あたしは、動《うご》きやすいT《ティー》シャツにジーンズ。かわいいネコのイラストが入《はい》った白《しろ》いT《ティー》シャツを、修学旅行《しゅうがくりょこう》のために買《か》ってもらった。

新《あたら》しい服《ふく》を着《き》ると、なんだか気分《きぶん》も、もりあがるよね〜！

咲野花《さやか》にも自慢《じまん》しちゃった。

「ね？　どうどう？　かわいいでしょ？」

「うん！　その灰色《はいいろ》のネコ、チャチャに似《に》てるかも？」

「そうでしょ、そうでしょ！」

なのに、そばで聞《き》いていた和樹《かずき》ったら、こういうんだから！

「七海《ななみ》が、ネコの柄《がら》なんて、ちょっとブリッ子《こ》じゃねえ？」

……ふーんだ！　いったいだれに見《み》せたくて、選《えら》んだと思《おも》ってるのよ……。

そうこうしているうちに、バスが出発《しゅっぱつ》！　日光《にっこう》を目《め》ざし、国道《こくどう》を進《すす》んでいく。

移動《いどう》のとちゅうでは、バスレク係《がかり》が、なぞなぞクイズとかもやったよ。

問題《もんだい》「日光東照宮《にっこうとうしょうぐう》を建《た》てたのはだれでしょう？」

答《こたえ》「大工《だいく》さん」

とかね。え？　あんまりおもしろくない？

お昼《ひる》ごろ、やっと日光市《にっこうし》に到着《とうちゃく》。

いいお天気《てんき》で、少《すこ》し湿《しめ》った風《かぜ》が、ゆるゆると吹《ふ》いていた。

日光東照宮《にっこうとうしょうぐう》に通《つう》じる街道《かいどう》沿《ぞ》いには、杉並木《すぎなみき》が続《つづ》いている。

見《み》あげるほど高《たか》い木《き》の下《した》は、そこだけ空気《くうき》がひんやりとして、まさに森林浴《しんりんよく》って感《かん》じでさわやかな気分《きぶん》になった。

大《おお》きなドライブインで、お昼《ひる》ご飯《はん》。ナポリタンのスパゲッティにハンバーグにコロッケに、タコの形《かたち》のウインナーにサラダに……。

お子《こ》さまランチみたいな盛《も》りあわせだったけど、みんなでずらりと並《なら》んで食《た》べると、おいしいね！　桃子《ももこ》は、気配《きくば》りを見《み》せ、お茶《ちゃ》を入《い》れて配《くば》っている。

それから、いよいよ日光東照宮《にっこうとうしょうぐう》へ！　石段《いしだん》をぞろぞろ上《あ》がって見学《けんがく》した。

「眠《ねむ》り猫《ねこ》」っていう、のんびり昼寝《ひるね》をしているネコの、木《き》の彫刻《ちょうこく》があったよ。

それから興味深《きょうみぶか》かったのは、木《き》に彫《ほ》られた三匹《びき》の猿《さる》。

「見《み》ざる」「聞《き》かざる」「いわざる」といって、それぞれ目《め》と耳《みみ》と口《くち》をおさえている。

余計《よけい》なことは見《み》ない、聞《き》かない、いわないっていう意味《いみ》なんだって。

「あたしなんか、いつもよけいなことばっかりいってるから、少《すこ》しは猿《さる》を見習《みなら》わなくちゃいけないかも？」

っていったら、桃子《ももこ》も同《おな》じ意見《いけん》。

「わたしも、そうかも……。つい、何《なに》も考《かんが》えずにいっちゃって……」

咲野花一人《さやかひとり》、腕《うで》ぐみをして、大《おお》きくうなずいていた。

「なるほど、昔《むかし》の人《ひと》の教《おし》えって奥深《おくぶか》い～」

そして、一日目《にちめ》の予定《よてい》が終《お》わったら、いよいよホテルへ！

バスが着《つ》いておどろいた。想像《そうぞう》してたより、ずっと立派《りっぱ》！　ロビーも広《ひろ》い。
五、六人《にん》ずつ和室《わしつ》に分《わ》かれて泊《と》まる。
部屋割《へやわ》りは、先生《せんせい》が生徒《せいと》の希望《きぼう》もきいてくれて、咲野花《さやか》や桃子《ももこ》もいっしょの女子《じょし》六人《にん》。

でも、上品《じょうひん》な襖《ふすま》や、障子《しょうじ》や、高《たか》そうな置物《おきもの》とかがあって、もし汚《よご》したり、こわしたりしたら、怒《おこ》られそう……。

「外《そと》を探検《たんけん》してこよう！」

荷物《にもつ》を置《お》くと、咲野花《さやか》や桃子《ももこ》といっしょにすぐ部屋《へや》を出《で》て、廊下《ろうか》とかロビーを見《み》てあるいた。はじめての場所《ばしょ》は、テンションが上《あ》がって、なんかうれしくなっちゃうね。

スリッパで、つるつるの廊下《ろうか》を、すいーっとすべるのもやってみた。

「おお、よくすべるぅ！　ホテルでサーフィン！」

スリッパの音《おと》をパタパタさせながら、何度《なんど》もやっていたら、

「こら！　廊下《ろうか》を走《はし》らない！」

担任《たんにん》の佐藤昌子先生《さとうまさこせんせい》に、さっそく注意《ちゅうい》されちゃった。まさか、サーフィンやってるとは、思《おも》わなかったんだろうな。

夕食《ゆうしょく》は、うどんの入《はい》ったすき焼《や》きに、エビフライにポテトサラダにサーモンのマリネに野菜《やさい》の煮物《にもの》に……ご飯《はん》とお味噌汁《みそしる》。デザートにフルーツポンチ！

家《いえ》では、ぜったいこんなにおかずの数《かず》が多《おお》くないから、とてもうれしい！

大浴場《だいよくじょう》に、キャーキャーいいながらみんなで入《はい》ったら、いよいよお待《ま》ちかねのお泊《と》まりタイム！

六人《にん》の布団《ふとん》を自分《じぶん》たちで敷《し》いて、パジャマに着《き》がえ、さあ、夜《よる》はこれからだぞ！

消灯時間《しょうとうじかん》を過《す》ぎても、電気《でんき》を消《け》して、みんなでおしゃべり。

それぞれ、順番《じゅんばん》に、好《す》きな男子《こ》の名前《なまえ》をいうことになった。

あちゃー。こういうのってドキドキしちゃうね。

桃子《ももこ》はさっそく、

「進一郎《しんいちろう》さまが好《す》きなの！」

って、前《まえ》の学校《がっこう》の男《おとこ》の子《こ》の話《はなし》をしている。

前《まえ》もクラスで話題《わだい》になったことがあるけど、今《いま》も塾《じゅく》はいっしょで、同《おな》じ海光学園《かいこうがくえん》の中学《ちゅうがく》を目《め》ざしているとか。あたしはいってやった。

「受験《じゅけん》の動機《どうき》が不純《ふじゅん》だよね〜」

でも、桃子《ももこ》の意志《いし》は強《つよ》かった。

「何《なに》が悪《わる》いの？　それで勉強《べんきょう》のやる気《き》も出《で》るんだから、いいじゃなーい」

ま、そうだけどさ……。

「それで七海《ななみ》は？」

って聞《き》かれて、ちらりと咲野花《さやか》の方《ほう》を見《み》た。咲野花《さやか》は、いたずらっ子《こ》っぽい顔《かお》をして、

(いっちゃえば？)って、目《め》でいってる。

でもさあ、和樹《かずき》を好《す》きだなんて知《し》られたら、これからそういう目《め》で、みんなに見《み》られるんだよ。それも、なんだかなー。

そこで、先制攻撃《せんせいこうげき》に出《で》ることにした。

「それより、咲野花《さやか》は？」

すると、咲野花《さやか》は、さらりとこういってのけた。

「前《まえ》から、いってるじゃん。わたし、マイクのファンなの。イケメンだから！」

そーか。そういう無難《ぶなん》な答《こた》えを選《えら》ぶという手《て》もあったか。

いおうか、いうまいか。でも、隠《かく》すのも、悪《わる》いような気《き》がして、バカ正直《しょうじき》にも、つい、口《くち》にしてしまった。

「あたしさあ、……和樹《かずき》が好《す》きなんだよ。じつは」

すると、ほかの四人《にん》の女子《じょし》たちみんなで、

「え〜！」とか「わあ！」とか、「意外《いがい》〜！」とか大《おお》さわぎになった。

あ〜あ、やっぱり……。

このウワサは、明日《あした》には、学年中《がくねんじゅう》の女子《じょし》に広《ひろ》まってるね。

みんなも、いってたよ。

「たしかに和樹《かずき》は、最近急《さいきんきゅう》に男《おとこ》っぽくなったよね。ヨットやってるんだって!?」

「髪《かみ》もサーファーっぽく長《なが》めにしてるし、けっこうかっこいいかも！」

そのとき、部屋《へや》のドアがいきなり開《あ》いて、佐藤先生《さとうせんせい》が顔《かお》を出《だ》した。

「こら！　何《なに》さわいでるの！　もう十一時《じ》よ！　早《はや》く寝《ね》なさい！」

って、またまた怒《おこ》られた。

仕方《しかた》なく、おしゃべりをやめて、寝《ね》ることに。

男子《だんし》の部屋《へや》から、枕投《まくらな》げでもしてるのか、ドスンドスンとすごい音《おと》が聞《き》こえている。

でも、昼間《ひるま》の疲《つか》れが出《で》たのか、あたしたちはあっという間《ま》に眠《ねむ》りに落《お》ちていった。


翌日《よくじつ》、朝食《ちょうしょく》のメニューは、焼《や》き魚《ざかな》、卵焼《たまごや》き、かまぼこ、ゆでたキャベツとニンジン、プチトマト、海苔《のり》、ふりかけ、ご飯《はん》とお味噌汁《みそしる》にヨーグルト！（なぜこんなにくわしく覚《おぼ》えているかというと、修学旅行《しゅうがくりょこう》の感想文《かんそうぶん》を書《か》くとき、マス目《め》をうめやすくするため）

豪華《ごうか》な朝《あさ》ご飯《はん》は、もちろん、おいしかった！

でも、そこで小耳《こみみ》にはさんだんだ。

なんでも、男子《だんし》の部屋《へや》では深夜《しんや》、枕投《まくらな》げ大会《たいかい》が行《おこな》われ、障子《しょうじ》を破《やぶ》っちゃったとか。

しかも、和樹《かずき》たちの部屋《へや》なんだって！

先生《せんせい》から、たっぷりお説教《せっきょう》されたらしい。

朝食《ちょうしょく》の後《あと》、ぞろぞろ部屋《へや》にもどりながら、和樹《かずき》にいってやった。

「枕投《まくらな》げだなんて、まったく男子《だんし》は子《こ》どもだね～」

そしたら、こういわれちゃった。

「七海《ななみ》に、いわれたくない……」

あ、そうですか。そうでしょーとも！

でもそのとき、あたしは、思《おも》ったんだ。

家《うち》の民宿《みんしゅく》、海光館《かいこうかん》みたいに、すでに古《ふる》くてボロボロの部屋《へや》だったら、みんなもっと気《き》をつかわずに泊《と》まれたのになあって……。

旅館《りょかん》を再開《さいかい》させたがっているおばあちゃんのことを思《おも》い出《だ》して、つい、考《かんが》えちゃったよ。


二日目《ふつかめ》は、中禅寺湖《ちゅうぜんじこ》や、「華厳《けごん》の滝《たき》」っていう大《おお》きな滝《たき》を見《み》にいった。

お昼《ひる》ご飯《はん》を食《た》べたレストハウスのおみやげやさんで、三十分《ぷん》の自由時間《じゆうじかん》。

持《も》ってきたお小遣《こづか》いで、家族《かぞく》や知《し》りあいに、何《なに》か買《か》って帰《かえ》っていいんだよ。

和菓子《わがし》とか、猿《さる》の形《かたち》のクッキーとか、湯葉《ゆば》とか、キーホルダーとか、絵葉書《えはがき》とか。

「どれにしよーかーな」

あたしが店内《てんない》を見《み》ていると、桃子《ももこ》がつついてくる。

（ほら、あそこに和樹《かずき》がいるよ～）

って、目《め》で教《おし》えてくれる。

「知《し》ってるってば〜」

あー。やっぱりいうんじゃなかった。今日《きょう》は朝《あさ》から、同《おな》じ部屋《へや》の女子《じょし》たちが、みんなこうやってあたしに目配《めくば》せしてくる。これから、学校《がっこう》でもそうなんだろーな。

猿《さる》の置物《おきもの》を見《み》て、思《おも》い出《だ》しましたよ。

「見《み》ざる」「聞《き》かざる」「いわざる」……の、やっぱりいわざるにしとけばよかったって。

人《ひと》の口《くち》に戸《と》は立《た》てられぬって、いつか国語《こくご》で習《なら》ったし……。

でも、ないしょにするのも、なんか水《みず》くさいような気《き》がしちゃうんだよね。

このあたりの加減《かげん》が、むずかしい……。

桃子《ももこ》は、あたしをからかう一方《いっぽう》で、自分《じぶん》のおみやげ選《えら》びにも余念《よねん》がない。

「進一郎《しんいちろう》さまに、合格祈願《ごうかくきがん》のキーホルダーを買《か》って帰《かえ》ろうっと！」

といって「合格《ごうかく》」と大《おお》きくかかれた赤《あか》いハートのキーホルダーを手《て》にとっている。

さすが、積極的《せっきょくてき》ぃ〜。

桃子《ももこ》はどうやら、自分《じぶん》と、もう一人塾《ひとりじゅく》の友《とも》だちにも、三人《にん》オソロで買《か》うらしい。

あたしは、おばあちゃんの好《す》きな和菓子《わがし》の詰《つ》めあわせにしようかとも思《おも》ったんだけれど、ふと、ある売《う》り場《ば》で足《あし》を止《と》めた。

何種類《なんしゅるい》かのまねきネコが売《う》られている。その中《なか》で、目《め》が合《あ》っちゃったんだ。

小判《こばん》を持《も》った黒《くろ》ネコの、小《ちい》さなまねきネコ。

おばあちゃんが飼《か》っているロビンそっくり！

畳《たたみ》で爪《つめ》をとぎながら、ちらっとこっちを見《み》る、悪《わる》がきっぽい表情《ひょうじょう》そのままだ！

買《か》って帰《かえ》ったら、きっと家族《かぞく》にウケるだろーなー。

あたしは、そのまねきネコをいそいそと取《と》りあげると、迷《まよ》わずレジで購入《こうにゅう》した！

そして夕方《ゆうがた》、無事《ぶじ》、シーサイドタウンに帰《かえ》ってきた。

薄暗《うすぐら》くなった中《なか》、おみやげでふくらんだリュックをしょって家《いえ》にもどると、お母《かあ》さんがむかえてくれた。

「おかえり、七海《ななみ》！　楽《たの》しかった？　でもちょっと、これ見《み》てちょうだい……」

留守《るす》の間《あいだ》に、家《いえ》では、事件《じけん》が起《お》きていたんだ。

一階《かい》の和室《わしつ》の障子《しょうじ》が、あちこちボロボロ……。

なんでも、おばあちゃんが、めずらしく、あたしの家《いえ》の方《ほう》にロビンを連《つ》れてきたら、ちょっと目《め》を離《はな》したスキにやっちゃったんだって……。

お母《かあ》さんが、こぼしている。

「障子《しょうじ》の張《は》りかえ、この前《まえ》したばかりなのよ！　もうこっちにロビンは来《こ》させないつもり！　チャチャは、ぜったいこんなことしないのに、どうしてロビンはああなのかしらね！」

「あちゃー。せっかくおみやげに、ロビンのまねきネコを選《えら》んだのにな～」

そういいながら、お母《かあ》さんに、おみやげの包《つつ》みをわたした。

お母《かあ》さんは、箱《はこ》の中《なか》からまねきネコを取《と》りだし、ぷっとふきだした。

「……たしかに。やんちゃそうな表情《ひょうじょう》が、ロビンそっくり！　でも、まねきネコで、魚亭《さかなてい》が繁盛《はんじょう》したらいいわね。お店《みせ》に置《お》くことにしようか」

「うん！　そうして！　意外《いがい》と、ききめがあるかもしれないし！」

そこでまたあたしは、思《おも》い出《だ》した。民宿《みんしゅく》、海光館《かいこうかん》のこと。

ロビンがあんないたずらをして、おばあちゃん、落《お》ちこんでないといいけどなあ……。

マイクもいってたなあ。人《ひと》とペットが幸《しあわ》せに暮《く》らせる世《よ》の中《なか》にすることが大事《だいじ》だとか。

……そのとき！

……ぴーん！

グッドアイディアが、ひらめいちゃったんだよ！

そうだ、そうだ！　それってありかも！　うまくいくかも！

今度《こんど》の月曜《げつよう》の、みんなそろっての夕食《ゆうしょく》のとき、提案《ていあん》してみようか！


そして次《つぎ》の月曜《げつよう》の夕食《ゆうしょく》。おばあちゃんは、やっぱり、ロビンがいたずらしたことを、お母《かあ》さんに何度《なんど》もあやまっていた。

「申《もう》し訳《わけ》ないねえ。やんちゃなネコで。障子《しょうじ》の張《は》りかえも、お手数《てすう》をかけてすみませんでした」

お母《かあ》さんは、

「いいんですよ〜。おばあちゃんがあやまらなくたって、ネコのしたことですから」

といいながらも、ロビンはもうこっちに連《つ》れてこないでほしい、みたいなオーラをただよわせている。

お父《とう》さんは、二人《ふたり》の顔《かお》を、かわるがわる見《み》ている。間《あいだ》に入《はい》って、困《こま》ってるのかな？

そこへ、あたしが、思《おも》いきって提案《ていあん》した。

「あの、民宿《みんしゅく》のことだけど、いいアイディアがあるんだ！」

「……どんな？」

家族《かぞく》は、あまり期待《きたい》してなさそうな顔《かお》で、こっちを見《み》た。あたしは、みんなを見《み》まわして話《はな》しはじめた。

「お客《きゃく》さんを、もっと広《ひろ》げればいいんじゃないかと思《おも》うんだ」

お母《かあ》さんが、たずねた。

「え？　それどういうこと？」

「犬《いぬ》やネコのペットも、いっしょに泊《と》まれる宿《やど》にすれば、ペット好《ず》きのお客《きゃく》さんも来《く》るんじゃないかなって思《おも》って。ペットが泊《と》まれる宿《やど》はまだ少《すく》ないし、人気《にんき》が出《で》るような気《き》がしない？」

お母《かあ》さんは、首《くび》をふった。

「でも、それだけじゃ、とても……」

そこへあたしが、もう一押《ひとお》ししてみる。

「ペットを泊《と》めるんだったら、わざわざお金《かね》をかけてきれいにリフォームしない方《ほう》が、かえってお客《きゃく》さんも気楽《きらく》だと思《おも》うんだよ。ロビンみたいな、やんちゃなペットもいるわけだし……」

お母《かあ》さんが、やっと目《め》を見開《みひら》いた。

「なるほどね～。準備《じゅんび》の費用《ひよう》がかからないってわけね」

「それは名案《めいあん》だわ！」

おばあちゃんが、膝《ひざ》を打《う》った。もともと、民宿《みんしゅく》やりたい派《は》だからね。にこにこしながら、話《はなし》を進《すす》めようとする。

「テレビでいつかやってたわ。犬《いぬ》やネコを連《つ》れて泊《と》まれるホテルのこと。今《いま》、とっても人気《にんき》があるんですって。わたしだって、もしロビンを連《つ》れて泊《と》まれる宿《やど》とかあったら、ぜひ行《い》ってみたいわ」

でも、お母《かあ》さんは、まだ首《くび》をひねっている。

「でも、まったくリフォームをしないっていうわけにも……」

そこへ、お父《とう》さんが、具体的《ぐたいてき》な意見《いけん》を出《だ》しはじめた。

「最低限《さいていげん》、必要《ひつよう》なところだけすればいいんじゃないか。あとは、ようすを見《み》ながら進《すす》めればいい。ペットオーケーというううたい文句《もんく》なら、それでなんとかなりそうだ」

「でも、どうやって宣伝《せんでん》するの？　ホントにお客《きゃく》さんが来《く》るかしら？」

「今《いま》は、インターネットもあるから、宣伝《せんでん》はかんたんさ。ペットの宿《やど》っていうキーワードを入《い》れて、検索《けんさく》でひっかかるようにすればいいんだ」

「でも、わたしは海人《かいと》がいるし、手伝《てつだ》えないわよ……」

お母《かあ》さんが、しりごみしていると、おばあちゃんがいいだした。

「海人《かいと》ももう一歳《さい》を過《す》ぎたんだし、少《すこ》しの時間《じかん》なら、わたしでも預《あず》かれますよ」

お母《かあ》さんの顔《かお》が、パッと輝《かがや》いた。

「……おばあちゃんが手伝《てつだ》ってくれるなら、助《たす》かります！　もともと、店《みせ》の仕事《しごと》には、いつかもどるつもりだったし。海人《かいと》をそろそろ保育園《ほいくえん》に入《い》れてもいいし……」

お母《かあ》さんは、あたしが小《ちい》さいころは家《いえ》にいたけれど、小学校《しょうがっこう》に上《あ》がってからは、お父《とう》さんといっしょに店《みせ》で働《はたら》いていた。

どうやら、じつはまた仕事《しごと》がしたかったらしい。

もしかすると、おばあちゃんに、子守《こもり》をたのむきっかけがなかったのかも……。

こうして、話《はなし》がいきなり転《ころ》がりだした。

食事《しょくじ》の後《あと》も、大人《おとな》たちが集《あつ》まって、何《なに》か相談《そうだん》している。

ほんとうにみんなが賛成《さんせい》するか不安《ふあん》だったから、ちょっとびっくり！

アイディアを出《だ》すときは、発想《はっそう》の転換《てんかん》ってのが、大事《だいじ》なんだね！

その後《あと》、リフォーム業者《ぎょうしゃ》に見積《みつ》もりを出《だ》してもらって、けっきょく、どうしても修理《しゅうり》が必要《ひつよう》な電気《でんき》やガスの設備《せつび》と、ペット用《よう》の足洗《あしあら》い場《ば》だけ、リフォームすることになったらしい。

タイル張《ば》りのレトロなお風呂《ふろ》は、かえってそのままの方《ほう》が喜《よろこ》ばれるかもしれないと、リフォームしないことにした。和室《わしつ》の客室《きゃくしつ》も、クリーニングだけで、ほぼそのまま。

営業《えいぎょう》は、とりあえず今年《ことし》は、夏《なつ》だけにするんだって。

七月二十日《がつはつか》にオープン予定《よてい》！　急《きゅう》だね！　うわ！　いそがしくなるね！

パートで手伝《てつだ》ってくれるおばさん二人《ふたり》は、おばあちゃんが知《し》りあいに声《こえ》をかけ、集《あつ》めてくれた。

お父《とう》さんは、海光館《かいこうかん》のインターネットのサイトを開設《かいせつ》。

サーファー仲間《なかま》の口《くち》コミで、少《すこ》しずつ予約《よやく》が入《はい》ってくる。

こうして、とうとうむかえたオープン当日《とうじつ》！

民宿《みんしゅく》に出《で》むいたおばあちゃんは、準備《じゅんび》が整《ととの》い、ピカピカにみがきあげられた館内《かんない》を見《み》て、ほんとうにうれしそうだった。

第一号《だいごう》のお客《きゃく》さんは、お父《とう》さんやお母《かあ》さんの知《し》りあいの、サーファーの家族《かぞく》だった。

「いらっしゃいませ！」

あたしや海人《かいと》もふくめ、家族全員《かぞくぜんいん》で、民宿《みんしゅく》の玄関《げんかん》でお出《で》むかえ。

次《つぎ》にやってきた老夫婦《ろうふうふ》は、ネコ二匹《ひき》を連《つ》れていた。

さらにもう一家族《ひとかぞく》は、両親《りょうしん》と子《こ》ども三人《にん》、そしてダックスフント……。

それからも、おばあちゃんは、お父《とう》さんの運転《うんてん》する車《くるま》で、ときどき民宿《みんしゅく》に通《かよ》っている。

民宿

昔《むかし》の経験《けいけん》から、パートのおばさんたちに、「ここをそうじして」「廊下《ろうか》に花《はな》を飾《かざ》って」とか指示《しじ》している。

足《あし》が悪《わる》かったはずなのに、このごろは、ずっと調子《ちょうし》がいいんだって！

民宿《みんしゅく》は、連日《れんじつ》、満員御礼《まんいんおんれい》。

いつか見《み》たアルバムみたいに、昔《むかし》のにぎわいが、もどってきた！


あたしも夏休《なつやす》みに入《はい》り、いそがしい時間《じかん》には、夕食《ゆうしょく》の配膳《はいぜん》の手伝《てつだ》いにかりだされている。

海光館《かいこうかん》の目玉《めだま》は、新鮮《しんせん》な海《うみ》の幸《さち》。アジやシラス、サザエなど、地元《じもと》でとれる魚《さかな》や貝《かい》を、安《やす》い値段《ねだん》で山《やま》もりに出《だ》す。

高級料理《こうきゅうりょうり》じゃないけれど、気楽《きらく》においしく食《た》べられるって、お客《きゃく》さんにも大好評《だいこうひょう》。

和樹《かずき》まで、民宿《みんしゅく》のようすを見《み》にやってきた。

「すげーな。七海《ななみ》の家《うち》、商売繁盛《しょうばいはんじょう》だね！」

和樹《かずき》は、スイミング教室《きょうしつ》で泳《およ》ぎがぐんぐんうまくなって、海《うみ》でもバッチリ泳《およ》げるようになった。

そしてついに念願《ねんがん》かなって、あたしといっしょにサーフィンの練習《れんしゅう》をはじめたんだ。

お父《とう》さんは、魚亭《さかなてい》が休《やす》みの月曜日《げつようび》には、民宿《みんしゅく》の仕事《しごと》の合間《あいま》をぬって、必《かなら》ずサーフィンをする。そのとき、教《おし》えてもらっている。

まずは、砂浜《すなはま》で、サーフボードの上《うえ》に腹《はら》ばいになり、立《た》ちあがる練習《れんしゅう》から。

ボードに立《た》つ位置《いち》や、重心《じゅうしん》のとり方《かた》、下《した》を向《む》かず必《かなら》ず前《まえ》を見《み》ることなんかが大事《だいじ》。

次《つぎ》に、実際海《じっさいうみ》に入《はい》って、波《なみ》を待《ま》ち、波《なみ》が来《き》たら、同《おな》じようにボードの上《うえ》に立《た》ちあがる。

和樹《かずき》は、まだ初心者《しょしんしゃ》だから、何度《なんど》も海《うみ》に落《お》っこちてばかりだったけれど、あたしは、かなり慣《な》れてるんだよね。

でも、あんまり差《さ》をつけると悪《わる》いから、わざとできないふりとか、しちゃおうかな～？

いや、ダメダメ。そういうごまかしは、きっとすぐバレるから、やめとこう。

女子力《じょしりょく》なくたって、自分《じぶん》に正直《しょうじき》に！

えいっ。やあ！　ひゅーん！（↑波《なみ》に乗《の》ってるあたし）

ってわけで、思《おも》いきり実力見《じつりょくみ》せちゃったけど、和樹《かずき》は、別《べつ》に気《き》にしてないみたい。

「七海《ななみ》、すげー。これからは、波乗《なみの》りナナ、と呼《よ》ばせてくれ！」

とかいって、ほめてくれた。
照《て》りつける太陽《たいよう》。熱《あつ》い砂浜《すなはま》。潮《しお》の香《かお》り。
ビーチパラソルの下《した》で、和樹《かずき》と並《なら》んで食《た》べるお弁当《べんとう》。
浜《はま》で焼《や》く、サザエの壺焼《つぼや》きや、ごくごく飲《の》む麦茶《むぎちゃ》がおいしい！
あたし、この夏《なつ》のことは、一生忘《いっしょうわす》れない！
民宿《みんしゅく》も成功《せいこう》して、ホントによかったね！
じつは、あの黒《くろ》ネコのまねきネコは、海光館《かいこうかん》の玄関《げんかん》の方《ほう》に飾《かざ》ったんだよ。
そしたら、いきなり、このご利益《りやく》！
ロビンは、今日《きょう》もいばって、おばあちゃんの家《いえ》の畳《たたみ》で爪《つめ》をといでいるらしい。
ニャンニャン！　ミャオミャーオ！
《じつはぼくは福《ふく》の神《かみ》？　これからも、商売繁盛《しょうばいはんじょう》、やくそくニャン！》

あとがき

『猫《ねこ》たちからのプレゼント』の二冊目《さつめ》はいかがでしたか？

　この本《ほん》も、動物保護団体《どうぶつほごだんたい》アーク（アニマルレフュージ関西《かんさい》）でうかがったペットにまつわるよくある話《はなし》をヒントにしていますが、登場《とうじょう》する団体《だんたい》は、わたしが勝手《かって》に考《かんが》えた架空《かくう》のものであり、人物《じんぶつ》や出来事《できごと》も事実《じじつ》とは一切関係《いっさいかんけい》がありません。

「プレゼントシリーズ」の本《ほん》は、短編《たんぺん》を集《あつ》めたものですが、それぞれ少《すこ》しずつお話《はなし》がつながっています。『犬《いぬ》たちからのプレゼント』『猫《ねこ》たちからのプレゼント』のほかの本《ほん》も読《よ》んでみると、登場《とうじょう》する人物《じんぶつ》たちのことが、さらによくわかりますヨ。

出版《しゅっぱん》に際《さい》し、お世話《せわ》になった方々《かたがた》に心《こころ》からお礼申《れいもう》し上《あ》げます。

二〇一五年《ねん》　桜《さくら》の季節《きせつ》に　　高橋《たかはし》うらら

■取材協力《しゅざいきょうりょく》　NPO《エヌピーオー》法人《ほうじん》アニマルレフュージ関西《かんさい》（ARK《アーク》）
http://www.arkbark.net/

集英社みらい文庫

猫《ねこ》たちからのプレゼント

捨《す》てネコたちを助《たす》けたい！

高橋《たかはし》うらら　作
柚希《ゆずき》きひろ　絵
原田京子《はらだきょうこ》　本文写真

ファンレターのあて先
〒101-8050　東京都千代田区一ツ橋2-5-10　集英社みらい文庫編集部
いただいたお便りは編集部から先生におわたしいたします。

2015年5月6日　第1刷発行

発行者　鈴木晴彦
発行所　株式会社 集英社
〒101-8050　東京都千代田区一ツ橋2-5-10
電話　編集部 03-3230-6246
読者係 03-3230-6080
販売部 03-3230-6393（書店専用）
http://miraibunko.jp
装丁　+++ 野田由美子　中島由佳理
印刷　図書印刷株式会社　凸版印刷株式会社
製本　図書印刷株式会社

★この作品はフィクションです。実在の人物・団体・事件などにはいっさい関係ありません。
ISBN978-4-08-321262-8　C8293　N.D.C.913　190P　18cm

「みらい文庫《ぶんこ》」読者《どくしゃ》のみなさんへ

言葉《ことば》を学《まな》ぶ、感性《かんせい》を磨《みが》く、創造力《そうぞうりょく》を育《はぐく》む……、読書《どくしょ》は「人間力《にんげんりょく》」を高《たか》めるために欠《か》かせません。たった一枚《いちまい》のページをめくる向《む》こう側《がわ》に、未知《みち》の世界《せかい》、ドキドキのみらいが無限《むげん》に広《ひろ》がっている。これこそが「本《ほん》」だけが持《も》っているパワーです。

学校《がっこう》の朝《あさ》の読書《どくしょ》に、休《やす》み時間《じかん》に、放課後《ほうかご》に……。いつでも、どこでも、すぐに続《つづ》きを読《よ》みたくなるような、魅力《みりょく》に溢《あふ》れる本《ほん》をたくさん揃《そろ》えていきたい。読書《どくしょ》がくれる、心《こころ》がきらきらしたり胸《むね》がきゅんとする瞬間《しゅんかん》を体験《たいけん》してほしい、楽《たの》しんでほしい。みらいの日本《にほん》、そして世界《せかい》を担《にな》うみなさんが、やがて大人《おとな》になった時《とき》、「読書《どくしょ》の魅力《みりょく》を初《はじ》めて知《し》った本《ほん》」「自分《じぶん》のおこづかいで初《はじ》めて買《か》った一冊《いっさつ》」と思《おも》い出《だ》してくれるような作品《さくひん》を一所懸命《いっしょけんめい》、大切《たいせつ》に創《つく》っていきたい。

そんないっぱいの想《おも》いを込《こ》めながら、作家《さっか》の先生方《せんせいがた》と一緒《いっしょ》に、私《わたし》たちは素敵《すてき》な本作《ほんづく》りを続《つづ》けていきます。「みらい文庫《ぶんこ》」は、無限《むげん》の宇宙《うちゅう》に浮《う》かぶ星《ほし》のように、夢《ゆめ》をたたえ輝《かがや》きながら、次々《つぎつぎ》と新《あたら》しく生《う》まれ続《つづ》けます。

本《ほん》を持《も》つ、その手《て》の中《なか》に、ドキドキするみらい――。

本《ほん》の宇宙《うちゅう》から、自分《じぶん》だけの健《すこ》やかな空想力《くうそうりょく》を育《そだ》て、〝みらいの星《ほし》〟をたくさん見《み》つけてください。

そして、大切《たいせつ》なこと、大切《たいせつ》な人《ひと》をきちんと守《まも》る、強《つよ》くて、やさしい大人《おとな》になってくれることを心《こころ》から願《ねが》っています。

2011年《ねん》　春《はる》

集英社《しゅうえいしゃ》みらい文庫《ぶんこ》編集部《へんしゅうぶ》